Acontecimentos na
irrealidade imediata

VOLUME 2 ⊃

edição brasileira© Ayllon 2021
tradução do romeno© Fernando Klabin
posfácio© Fábio Zuker

título original *Întâmplări din irealitatea imediată* (1936)
primeira edição Acontecimentos na irrealidade imediata (Cosac & Naify, 2013)

edição Suzana Salama
assistência editorial Paulo Henrique Pompermaier
revisão Renier Silva
capa Lucas Kroëff

ISBN 978-65-89705-07-9

Grafia atualizada segundo o Acordo Ortográfico da Língua Portuguesa de 1990, em vigor no Brasil desde 2009.

Direitos reservados em língua portuguesa somente para o Brasil

AYLLON EDITORA
R. Fradique Coutinho, 1139
05416-011 São Paulo SP Brasil
Telefone +55 11 3097 8304
ayllon@hedra.com.br

Foi feito o depósito legal.

Acontecimentos na irrealidade imediata

Max Blecher

Fernando Klabin (*tradução*)
Fábio Zuker (*posfácio*)

1ª edição

São Paulo   2021

Max Blecher (1909-1938) nasceu em Botoșani, Romênia, filho de bem-sucedidos comerciantes judeus do ramo da porcelana. Cursou o liceu em Roman, e em 1928 matriculou-se no curso de medicina da Universidade de Rouen, na França, mas foi obrigado a abandoná-lo pouco tempo depois por conta de sua saúde. Volta então para Roman, onde faleceria em 1938, dez anos após uma sequência de internações hospitalares. A década de internações lhe rendeu muitos escritos e correspondências, como por exemplo as cartas trocadas com André Breton, líder do movimento surrealista francês, e os livros *Corpo transparente*, *Corações cicatrizados* e *Acontecimentos na irrealidade imediata*, além de *A toca iluminada*, uma publicação póstuma.

Acontecimentos na irrealidade imediata foi originalmente publicado em 1936, e é composto por um amálgama caleidoscópico de situações que cruzam o caminho do narrador, um personagem desajustado ao mundo. Esses acontecimentos arrastam-no a um turbilhão de pensamentos e ações atravessados por forças contrapostas, no qual as percepções misturadas da realidade, do tempo e do espaço dão lugar a um tipo diferente de discurso, que oferece inquietações fragmentadas ao invés de uma ordem racional.

Fernando Klabin nasceu em São Paulo e formou-se em Ciência Política pela Universidade de Bucareste, onde foi agraciado com a Ordem do Mérito Cultural da Romênia no grau de Oficial, em 2016. Além de tradutor, exerce atividades ocasionais como fotógrafo, escritor, ator e artista plástico.

Fábio Zuker é antropólogo, jornalista e ensaísta. É autor de *Em Rota de Fuga: ensaios sobre escrita, medo e violência* (Hedra, 2020) e *Vida e morte de uma baleia-minke no interior do Pará e outras histórias da Amazônia* (Publication Studio São Paulo, 2019).

Sumário

ACONTECIMENTOS NA IRREALIDADE IMEDIATA. 9
Posfácio, *por Fábio Zuker* 140

I pant, I sink, I tremble, I expire
P. B. SHELLEY

Acontecimentos na irrealidade imediata

I

Ao fitar por muito tempo um ponto fixo na parede, às vezes acabo não sabendo mais quem sou nem onde estou. Então, sinto claramente falta da minha identidade como se tivesse me tornado, de repente, um estrangeiro perfeito. Esse personagem abstrato e minha pessoa real disputam em pé de igualdade a minha convicção.

No instante seguinte minha identidade se recompõe, como naqueles cartões estereoscópicos em que as duas imagens por engano às vezes não coincidem e só quando o operador as ajusta, sobrepondo-as, surge a ilusão de relevo. Nessas ocasiões, o quarto se me apresenta com um frescor inédito. Ele retorna à sua consistência anterior e seus objetos pousam nos devidos lugares, como um torrão de terra esfarelado numa garrafa cheia d'água, que vai se assentando em camadas de elementos diferentes, bem definidas e de cores variadas. Os elementos do quarto se estratificam em seu próprio contorno e no colorido da antiga lembrança que tenho deles.

A sensação de distanciamento e de solidão nos momentos em que minha pessoa cotidiana se dissolve em inconsistência é diferente de quaisquer outras sensações. Quando dura muito, ela se transforma em medo, em pavor de não conseguir nunca mais me reencontrar. Ao longe, persiste uma silhueta insegura de mim mesmo, rodeada por um grande halo de luz, à maneira dos objetos visíveis através da névoa.

A terrível pergunta *quem realmente sou* pulsa no meu âmago como um corpo perfeitamente novo, que cresceu dentro de mim com pele e órgãos que me são completamente desconhecidos. Uma lucidez mais profunda e mais essencial que a do cérebro exige uma resposta. Tudo o que é capaz de se agitar no meu corpo se agita, debate e revolta com mais força e de modo mais elementar do que na vida cotidiana. Tudo implora uma solução.

Por vezes reconheço o quarto assim como ele é, como se eu fechasse e abrisse os olhos: a cada vez o quarto é mais claro — assim como uma paisagem vista pela luneta, cada vez mais organizada à medida que, ajustando as distâncias, percorremos todos os véus de imagens intermediárias.

Finalmente reconheço-me a mim mesmo e reencontro o quarto. É uma sensação de leve embriaguez. O quarto parece extraordinariamente condensado em sua matéria, e eu implacavelmente de volta à superfície das coisas: quanto mais profunda a onda de imprecisão, mais alta é a sua crista; nunca, em nenhuma outra circunstância além de tais momentos, me parece mais evidente que cada objeto deve ocupar o lugar que ocupa e que eu devo ser quem sou.

Atormentar-me em insegurança não tem então nenhum motivo; é um simples arrependimento de não ter encontrado nada em sua profundidade. Apenas me surpreende que uma total falta de significado tenha podido estar tão ligada à minha matéria íntima. Agora que me reencontrei e tento expressar minha sensação, ela se apresenta diante de mim perfeitamente impessoal: um simples exagero da minha identidade, que brotou como um câncer a partir de sua própria substância. Um tentáculo de medusa que se estendeu além da medida e que ansiou exasperadamente em meio às ondas, até enfim voltar para baixo da ventosa de gelatina. Em alguns momentos de desassossego, percorri assim todas as certezas e incertezas da minha existência, até retornar definitiva e dolorosamente à minha solidão.

Agora, trata-se de uma solidão mais pura e mais patética. A sensação de distanciamento do mundo é mais clara e mais íntima: uma melancolia límpida e suave, como um sonho resgatado no meio da madrugada.

Só ela ainda consegue me fazer recordar um pouco do mistério e da magia meio triste das minhas *crises* de infância.

Só nesse desaparecimento súbito de identidade é que reencontro minhas quedas no espaço maldito de outrora e só nos momentos de imediata lucidez que se seguem ao retorno à superfície é que o mundo se me apresenta na atmosfera incomum de inutilidade e anacronismo que se formava ao meu redor quando meus transes alucinantes logravam derrubar-me.

II

Sempre os mesmos lugares da rua, da casa ou do jardim provocavam minhas *crises*. Sempre que eu adentrava esses espaços, o mesmo desmaio e a mesma tontura me envolviam. Verdadeiras armadilhas invisíveis, espalhadas aqui e ali pela cidade, absolutamente semelhantes ao ar que as rodeava — esperavam com ferocidade que eu me tornasse vítima da atmosfera especial que encerravam. Bastava um passo, um só passo para adentrar tal espaço maldito, e a *crise* era inevitável.

Um desses espaços se encontrava no parque municipal, numa pequena clareira ao fim de uma alameda, por onde nunca ninguém passeava. Os arbustos de roseira brava e as acácias anãs que o rodeavam permitiam uma única abertura na direção de uma paisagem desoladora de um campo deserto. Não havia no mundo lugar mais ermo e triste. O silêncio se depunha densamente sobre as folhas empoeiradas durante o abafado calor do verão. De vez em quando, ouviam-se ecos do trompete do regimento. Aqueles longos chamados no deserto eram *dilacerantemente* tristes...Ao longe, o ar inflamado pelo sol tremulava diáfano como vapores transparentes bailando por sobre um líquido em ebulição.

O lugar era selvagem e isolado; sua solidão parecia interminável. Ali, o calor do dia era mais fatigante e o ar que eu respirava, mais pesado. Os arbustos cobertos de poeira queimavam-se amarelados sob o sol, numa atmosfera de perfeita solidão. Uma sensação bizarra de inutilidade pairava naquela clareira que ficava *em algum lugar do mundo*, aonde eu mesmo chegara sem motivo, numa certa tarde de verão também sem sentido. Uma tarde que se perdera caótica no calor do sol, por entre arbustos ancorados no espaço *em algum lugar do mundo*. Então eu sentia, mais profunda e dolorosamente, que nada havia a fazer neste mundo senão perambular por parques — por clareiras cobertas de poeira e fustigadas pelo sol, abandonadas e selvagens. Era uma perambulação que, por fim, dilacerava meu coração.

III

Outro lugar amaldiçoado ficava bem do lado oposto da cidade, entre as margens altas e ocas do rio, onde eu costumava brincar com meus companheiros.

A margem, num determinado ponto, se transformara num barranco. No alto ficavam as instalações de uma fábrica de óleo de semente de girassol. As cascas das sementes eram despejadas entre as dobras do barranco e, com o passar do tempo, o monte atingira tal altura que se formara uma ladeira de cascas secas que ia de cima até as margens do rio. Meus companheiros desciam até o rio por essa ladeira, com prudência, segurando um na mão do outro enquanto seus passos afundavam no tapete em putrefação.

As paredes altas do barranco, tanto de uma parte como de outra da ladeira, eram abruptas e cheias de fantásticas irregularidades. A chuva esculpira longas tranças de rachaduras finas como arabescos, porém pavorosas como chagas mal cicatrizadas. Eram verdadeiros farrapos feitos a partir da carne do barro, feridas abertas, tenebrosas. Por entre essas paredes que me impressionavam desmesuradamente, eu também teria que descer até o rio.

Já de longe e muito antes de chegar à margem do rio, o cheiro das cascas apodrecidas invadiam minhas narinas. Ele me preparava para a *crise*, como uma espécie de breve período de incubação; era um cheiro desagradável e ao mesmo tempo suave. Assim como as *crises*.

Meu sentido olfativo, em algum lugar dentro de mim, se partia em dois, de maneira que as emanações do cheiro de putrefação atingiam regiões de sensações diferentes. O cheiro gelatinoso da decomposição das cascas, embora concomitante, se distinguia bem, separando-se do perfume agradável, quente e familiar de amendoim torrado. Esse perfume, tão logo o sentia, em poucos instantes me transformava, circulando amplamente por todas as minhas fibras internas como se as dissolvesse para substitui-las por uma matéria mais vaporosa e mais incerta. A partir daquele momento, eu não podia evitar mais nada. Brotava no meu peito um desmaio agradável e estonteante que apressava meus passos em direção da margem, em direção da minha derrota definitiva.

Eu descia ao rio numa corrida insana, por cima do monte de cascas. O ar se opunha ao meu movimento com uma densidade afiada e dura como o gume de uma faca. O espaço ocupado pelo mundo se precipitava caótico num buraco imenso com insondáveis poderes de atração.

Meus colegas assistiam aterrados à minha fuga doida. A margem de cascalho lá embaixo era bastante estreita, de maneira que o menor passo em falso me atiraria ao rio, num lugar em que o turbilhão na superfície da água anunciava grandes profundezas.

Eu, contudo, não sabia muito bem o que estava fazendo. Já ao longo do rio, na mesma correria, desviava do monte de cascas e corria pela margem a jusante até um determinado lugar onde a beira apresentava uma cavidade.

No fundo da cavidade formara-se uma pequena gruta, uma caverna sombreada e refrescante como um quartinho escavado na rocha. Eu costumava entrar ali e cair no chão, transpirado, morto de cansaço, tremendo dos pés à cabeça.

Assim que me revigorava um pouco, encontrava ao meu redor o cenário íntimo e indizivelmente agradável da gruta, com uma mina que brotava lentamente da rocha, escorrendo pelo chão e formando uma piscina de água cristalina no meio do cascalho, sobre a qual eu me inclinava para observar, sem jamais ficar saciado, as maravilhosas rendas de musgo verde do fundo, vermes agarrados a fragmentos de madeira, pedaços velhos de ferro enferrujados e cobertos de lodo, animais e as mais variadas coisas fantasticamente belas que moram no fundo da água.

IV

Além desses dois lugares malditos, o resto da cidade se perdia numa massa de uniforme banalidade, com casas que podiam ser confundidas umas com as outras, com árvores imóveis ao exaspero, com cachorros, terrenos baldios e muita poeira.

Em quartos fechados, porém, as *crises* ocorriam com maior facilidade e frequência. Em geral, eu não suportava ficar sozinho num aposento desconhecido. Era só esperar, e em poucos instantes chegava o desmaio suave e terrível. O próprio quarto se preparava para ele: as paredes punham-se a emanar uma intimidade quente e hospitaleira, que escorria por todos os móveis e objetos. O quarto de repente tornava-se sublime, e eu me sentia extremamente feliz ali. Mas isso não passava de mais uma dissimulação da *crise*; uma perversidade suave e delicada. No instante seguinte à beatitude, tudo se revirava e se confundia. Fitava de olhos abertos tudo o que havia ao meu redor, mas os objetos perdiam seu sentido comum: uma nova existência os animava.

Como se houvessem sido subitamente desempacotados de papéis finos e transparentes em que se encontravam envoltos até então, seu aspecto se tornava inefavelmente novo. Pareciam destinados a uma utilização nova, superior e fantástica, que eu em vão lograria encontrar.

Mas não era só isso: os objetos se deixavam tomar por um verdadeiro frenesi de liberdade. Tornavam-se independentes uns dos outros, uma independência que não significava um simples isolamento, mas uma exaltação extática.

O entusiasmo de existir numa nova auréola envolvia a mim também: uma forte aderência me prendia a eles, com anastomoses invisíveis que me tornavam mais um objeto do quarto, da mesma maneira que um órgão transplantado em carne viva se integra ao corpo desconhecido por meio de sutis trocas de substâncias.

Uma vez, durante uma *crise*, o sol lançara sobre a parede uma pequena cachoeira de raios, como uma torrente irreal de ouro marmorizada com ondas luminosas. Eu via também, do outro lado da janela, o canto de uma estante com tomos grossos encadernados em couro, e esses detalhes reais que eu percebia à distância do desmaio lograram atordoar-me e derrubar-me como uma derradeira inalação de clorofórmio. O que era mais comum e mais conhecido naqueles objetos me perturbava ainda mais. O costume de vê-los tantas vezes fizera provavelmente com que sua pele exterior puísse, por isso às vezes eles surgiam diante de mim esfolados e cobertos de sangue: vivos, indizivelmente vivos.

O momento supremo da *crise* se consumava numa flutuação agradável e dolorosa, que não era deste mundo. Ao menor ruído de passos, o quarto rapidamente voltava ao seu aspecto inicial. Ocorria então entre as suas paredes uma redução instantânea, uma diminuição extremamente pequena de sua exaltação, quase imperceptível; isso me convencia de que uma finíssima crosta separava a certeza em que eu vivia do mundo das incertezas.

Dava-me por mim no quarto arquiconhecido, transpirado, exausto e preenchido pela sensação de inutilidade das coisas que me rodeavam. Percebia nelas novos detalhes, assim como ocorre ao descobrirmos algo que nunca havíamos reparado num objeto utilizado diariamente, anos a fio.

O quarto conservava vagamente a lembrança da catástrofe, como o cheiro de enxofre que paira no local de uma explosão. Fitava os livros encadernados no armário com portas envidraçadas e, em sua imobilidade, percebia, não sei como, um ar pérfido de mistério e cumplicidade. Os objetos ao meu redor jamais abdicavam de uma certa atitude secreta, ferozmente mantida em sua severa imobilidade.

V

As palavras cotidianas não têm valor em determinadas profundezas da alma. Tento definir com exatidão as minhas *crises*, mas só encontro imagens. A palavra mágica que vier a exprimi-las deverá tomar algo emprestado das essências de outras sensibilidades da vida, destilando-se delas como uma nova fragrância criada a partir de uma sábia composição de perfumes.

Para existir, ela deverá incluir algo da estupefação que me abarca quando observo uma pessoa na realidade e depois acompanho-lhe com atenção os gestos no espelho; algo do desequilíbrio das quedas durante o sonho com o seu sibilo de pavor que percorre a espinha dorsal num momento inesquecível; ou algo da névoa e da transparência habitadas por bizarros elementos decorativos em bolas de cristal.

VI

Invejava as pessoas ao meu redor, hermeticamente fechadas em suas roupas e isoladas da tirania dos objetos. Viviam prisioneiras em seus sobretudos e casacos, nada do lado de fora era capaz de aterrorizá-las e vencê-las, nada penetrava em suas prisões maravilhosas. Entre mim e o mundo não havia separação. Tudo o que me rodeava me invadia da cabeça aos pés, como se minha pele houvesse sido metralhada. A atenção, aliás muito distraída, com que eu observava em derredor não era um simples ato de vontade. Todos os tentáculos do mundo se prolongavam, de maneira natural, dentro de mim; eu era atravessado pelos milhares de braços da hidra. Tinha de constatar, ao exaspero, que vivia no mundo que via. Nada havia a fazer contra isso.

As *crises* pertenciam tanto a mim quanto aos lugares em que ocorriam. É verdade que alguns desses lugares continham uma certa maldade *pessoal*, mas todos os outros se encontravam em transe muito antes da minha chegada. Assim eram, por exemplo, alguns aposentos em que sentia que minhas *crises* se cristalizavam a partir da melancolia da imobilidade e de sua ilimitada solidão.

Como uma espécie de equidade, porém, entre mim e o mundo (uma equidade que me imergia ainda mais irremediavelmente na uniformidade da matéria bruta), a convicção de que os objetos podiam ser inofensivos tornara-se igual ao terror que por vezes eles me infundiam. Sua inocência se originava de uma falta universal de forças. Sentia vagamente que nada neste mundo podia ir até o fim, nada podia se realizar. A ferocidade dos objetos também se exauria. Dessa maneira nasceu em mim a ideia da imperfeição de quaisquer manifestações neste mundo, mesmo as sobrenaturais.

Num diálogo interior que, creio, nunca terminava, eu desafiava às vezes os poderes maléficos ao meu redor, da mesma maneira como, outras vezes, vilmente os adulava. Executava ritos que, embora estranhos, não eram desprovidos de sentido. Ao sair de casa para andar por diferentes ruas, eu voltava sempre refazendo meus passos, a fim de não desenhar, com meu trajeto, um círculo que contivesse casas e árvores. Nesse sentido, meu andar se parecia com um carretel de linha que, uma vez desenrolado, se eu não o enrolasse na hora, no mesmo caminho, os objetos reunidos no laço do meu andar ficariam para sempre, irremediável e profundamente, ligados a mim. Se quando chovesse eu evitava encostar nas pedras sob a torrente de água, é porque não queria adicionar nada à ação da água nem intervir no exercício de sua força elementar.

O fogo purificava tudo. Eu tinha sempre uma caixa de fósforos no bolso. Quando estava muito triste, acendia um fósforo e passava a palma das mãos pelo fogo, primeiro uma, depois a outra.

Havia nisso tudo uma espécie de melancolia de existir e uma espécie de tortura organizada normalmente nos limites de minha vida de criança.

Com o tempo, as *crises* desapareceram por si sós, não sem deixar em mim, para sempre, sua forte lembrança.

Ao entrar na adolescência, não sofri mais *crises*, mas aquele estado crepuscular que as precedia e o sentimento de profunda inutilidade do mundo que as sucedia tornaram-se, de certa forma, o meu estado natural.

A inutilidade preenchera as reentrâncias do mundo como um líquido que havia se propagado em todas as direções, e o céu acima de mim, o céu eternamente correto, absurdo e indefinido, se imbuíra da própria cor do desespero.

Por essa inutilidade que me rodeia e debaixo desse céu eternamente amaldiçoado ainda hoje eu passeio.

VII

Por causa das minhas *crises*, levaram-me para ser examinado por um médico, que pronunciou uma palavra estranha: *paludismo*; fiquei surpreso com o fato de que minhas ansiedades tão íntimas e secretas pudessem ter um nome e, ainda por cima, um nome tão bizarro. O doutor prescreveu-me quinino: outro termo admirável. Era-me impossível compreender como poderiam curar-se eles, os espaços doentes, com o quinino que eu tomaria. Contudo, o que me perturbou demasiado foi o próprio médico. Durante muito tempo após a consulta, ele continuou existindo e se agitando em minha memória com gestos miúdos e automáticos cujo inesgotável mecanismo eu não lograva interromper.

Era um homem de baixa estatura, com cabeça em forma de ovo. A extremidade afilada do ovo se prolongava com uma barbicha preta sempre agitada. Seus olhos pequenos e aveludados, seus gestos breves e sua boca que vinha para frente o faziam parecer com um rato. Foi tão forte essa impressão desde o primeiro momento, que pareceu-me perfeitamente natural, quando começou a falar, ouvi-lo alongando bastante e sonoramente cada *r*, como se, enquanto falasse, estivesse sempre a roer algo escondido.

O quinino receitado reforçou também minha convicção de que o médico tinha um quê de rato. A prova dessa convicção realizou-se de uma maneira tão estranha e é ligada a fatos tão importantes de minha infância, que o acontecimento merece, creio eu, ser contado à parte.

VIII

Perto da nossa casa, havia uma loja de máquinas de costura aonde eu ia todos os dias e onde ficava horas a fio. Seu proprietário era um jovem, Eugen, que acabara de prestar o serviço militar e encontrara uma atividade na cidade abrindo aquele negócio. Ele tinha uma irmã um ano mais nova: Clara. Moravam juntos na periferia e, de dia, tomavam conta do negócio; não tinham conhecidos nem parentes.

A loja era um simples espaço particular, alugado pela primeira vez para fins comerciais.

As paredes ainda mantinham a pintura de salão, com guirlandas violetas de lilases e retângulos irregulares e desbotados dos lugares onde quadros haviam estado pendurados. No centro do teto restou um lustre de bronze com um *plafonnier* de maiólica de um vermelho escuro, coberto nas beiradas por folhas verdes de acanto em relevo, de faiança. Era um objeto todo ornamentado, antigo, fora de moda mas imponente — tinha um quê de monumento funerário ou de general veterano ostentando seu velho uniforme durante o desfile. As máquinas de costura estavam perfeitamente alinhadas em três fileiras, com duas largas alamedas entre elas. Eugen não deixava de borrifar o assoalho a cada manhã com uma lata velha de conservas com um furo no fundo. O fio d'água que escorria era bastante fino, e Eugen o manipulava com destreza, desenhando no chão espirais e oitos como quem quer mostrar o que sabe fazer. Por vezes ele até assinava e escrevia a data. A pintura da parede reclamava ostensivamente semelhantes delicadezas.

No fundo da loja, um biombo de tábuas dividia uma espécie de cabine do resto do aposento; uma cortina verde cobria a entrada. Lá ficavam o tempo todo Eugen e Clara, inclusive no almoço, para não terem de fechar a loja durante o dia. Eles a chamavam de "cabine dos artistas"; um dia ouvi Eugen dizendo: "É uma verdadeira *cabine de artista*. Quando vou para a loja e falo por meia hora para conseguir vender uma máquina de costura, não estou interpretando uma comédia?".

E acrescentou, com um tom de maior erudição: "A vida, em geral, é puro teatro."

Do outro lado da cortina, Eugen tocava violino. Mantinha as partituras em cima da mesa e ficava arqueado sobre elas, decifrando com paciência o emaranhado das pautas como se desembaraçasse um novelo de linha cheio de nós, a fim de retirar dele um fio único e aguçado — o fio da peça musical. Durante a tarde inteira, uma pequena lâmpada de querosene que preenchia o aposento com uma luz mortiça ardia em cima de uma arca, distorcendo a figura do violinista ao projetar na parede uma sombra gigantesca.

Eu ia lá com tanta frequência que, com o tempo, tornei-me uma espécie de móvel, um prolongamento do velho sofá de lona sobre o qual eu ficava imóvel, um objeto com que ninguém se preocupava e que a ninguém perturbava.

No fundo da cabine, todas as tardes Clara se arrumava. Guardava os vestidos num armariozinho e ficava se admirando num espelho rachado apoiado na lâmpada, em cima da arca. Era um espelho tão velho que já havia perdido o brilho em alguns pontos, de maneira que, através das manchas transparentes, do lado de trás surgiam objetos reais que se misturavam às imagens refletidas, como numa fotografia feita com clichês sobrepostos.

Por vezes, ela se desvestia quase por completo e esfregava as axilas com água de Colônia, erguendo os braços ou mesmo os seios — quando enfiava a mão entre a combinação e o corpo — sem qualquer pejo. A combinação era curta e, quando se inclinava, eu podia ver suas pernas inteiras, muito bonitas, apertadas dentro de meias bem esticadas. Parecia-se absolutamente com uma mulher seminua que eu vira num cartão-postal pornográfico que um vagabundo me mostrara no parque certa vez.

Gerava em mim o mesmo langor confuso de uma imagem obscena, uma espécie de vácuo no peito ao mesmo tempo que eu sentia no púbis as garras de um exorbitante apetite sexual. Na *cabine* eu ficava sentado sempre no mesmo lugar do sofá, atrás de Eugen, esperando Clara terminar de se arrumar. Em seguida, ela ia para a loja, passando entre mim e seu irmão por um espaço tão estreito que era obrigada a roçar as coxas nos meus joelhos.

Todos os dias eu aguardava esse momento com a mesma impaciência e o mesmo desespero. Ele dependia de uma variedade de minúsculas circunstâncias que eu analisava e perseguia com uma sensibilidade exasperada e extraordinariamente aguçada. Bastava Eugen ter sede, não ter vontade de tocar, ou chegar um cliente na loja para ele sair do lugar junto à mesa e haver espaço suficiente para Clara passar longe de mim.

Quando eu ia lá à tarde e me aproximava da porta da loja, longas e vibrantes antenas emergiam de mim, passando a explorar o ambiente para captar o som do violino; ao ouvir Eugen tocando, uma profunda calma me dominava. Entrava o mais silenciosamente possível e anunciava o meu nome em voz alta, ainda na soleira da porta, para que não pensasse que houvesse chegado um cliente e interrompesse, assim, a música: pois naquele instante seria possível que a inércia e o feitiço da melodia cessassem bruscamente, determinando que Eugen deixasse o violino de lado e não tocasse mais naquela tarde. Isso, entretanto, não esgotava a possibilidade de acontecimentos desfavoráveis. Tantas outras coisas ainda ocorriam na cabine…Enquanto Clara se arrumava, eu ficava atento aos mínimos ruídos e observava os menores movimentos, temendo que qualquer um deles pudesse produzir o desastre da tarde. Podia acontecer, por exemplo, de Eugen tossir debilmente, engolir um pouco de saliva e de repente dizer que estava com sede e que iria à confeitaria comprar um doce; fatos insignificantes, como essa tosse, eram capazes de gerar uma monstruosa e infindável tarde perdida. O dia inteiro, portanto, perdia toda a sua importância. E, à noite, deitado na cama, ao invés de pensar com todas as minúcias (e detendo-me durante alguns minutos em cada detalhe para poder *vê-lo* e me lembrar dele melhor) no instante em que os meus joelhos tocaram as meias de Clara — um pensamento para ser cinzelado, esculpido e acariciado! —, eu me debatia febril entre os lençóis, incapaz de dormir, aguardando impaciente a chegada do dia seguinte.

Um dia, sucedeu algo perfeitamente insólito. No início, o acontecimento parecia avançar na direção de um desastre, mas se concluiu com uma inesperada surpresa, de maneira tão súbita e com um gesto tão desprezível, que toda a minha alegria ulterior repousou sobre ele como uma torre de objetos ecléticos habilmente equilibrados por um malabarista. Com um só passo, Clara modificou completamente o conteúdo de minhas visitas, imbuindo-as de outro sentido e de novas emoções, como na aula de química, quando pude constatar, num experimento, como um único pedacinho de cristal, ao ser mergulhado no recipiente com líquido vermelho, transformava-o na hora num líquido surpreendentemente verde.

Eu estava no sofá, no lugar de costume, esperando com a mesma impaciência de sempre, quando a porta se abriu e alguém entrou na loja. Eugen saiu imediatamente da cabine. Tudo parecia perdido. Clara continuou se arrumando com indiferença, enquanto a conversa na loja prolongava-se sem fim. Ainda era possível, contudo, que Eugen retornasse antes que sua irmã lograsse acabar de se vestir.

Acompanhava com o coração na mão o decurso de ambos os eventos, a toalete de Clara e a conversa da loja, pensando que poderiam se desenrolar paralelamente um ao outro até Clara entrar na loja ou, pelo contrário, poderiam se encontrar justo na cabine como em alguns filmes do cinema, quando duas locomotivas se apressam uma na direção da outra com uma velocidade louca, chocando-se ou passando uma ao lado da outra a depender da intervenção ou não, no último instante, de uma mão misteriosa que virasse a agulha do trilho. Nesses momentos de espera, eu sentia com clareza como a conversa continuava o seu caminho e como, numa via paralela, Clara continuava se empoando...

Tratei de corrigir a fatalidade, estendendo bem os joelhos na direção da mesa. Para interceptar as pernas de Clara, eu tinha de ficar na borda do sofá, numa posição que, se não era estranha, era no mínimo cômica.

Acho que, através do espelho, Clara olhava para mim e sorria. Em seguida, ela terminou de retocar o contorno dos lábios com carmim e passou pela última vez o pompom nas faces. O perfume que se espalhou na cabine me embriagou de apetite e desespero. Ao passar a meu lado, aconteceu aquilo que eu menos esperava: ela roçou suas coxas nos meus joelhos como das outras vezes (ou talvez mais forte? Não, trata-se de uma ilusão, com certeza), com um ar indiferente, como se nada estivesse acontecendo entre nós.

A cumplicidade do vício é mais profunda e mais direta do que qualquer tipo de entendimento verbal. Ela atravessa instantaneamente o corpo como uma melodia interior, transformando por completo os pensamentos, a carne e o sangue.

Na fração de segundo em que as pernas de Clara me tocaram, inflaram-se dentro de mim novas expectativas e novas esperanças.

Com Clara compreendi tudo desde o primeiro dia, desde o primeiro instante; foi minha primeira aventura sexual completa e normal. Uma aventura plena de tormentos e expectativas, plena de ansiedades e de ranger de dentes, algo que teria se parecido com amor, não houvesse sido a simples continuidade de uma dolorosa impaciência. Na mesma medida em que eu era impulsivo e atrevido, Clara era calma e caprichosa; tinha um modo violento de me provocar e uma espécie de alegria canina ao me ver sofrer — alegria essa que sempre precedia o ato sexual e dele fazia parte.

Na primeira vez que aconteceu entre nós o que eu esperava havia tanto tempo, sua provocação foi de uma simplicidade tão elementar (e quase brutal) que aquela frase pobre por ela então pronunciada e aquele verbo anônimo por ela utilizado mantêm ainda hoje dentro de mim algo da virulência de outrora. Basta pensar mais intensamente neles para que minha atual indiferença pareça corroída por um ácido e a frase recupere sua violência, assim como foi naquele então.

IX

Eugen estava fora para resolver coisas na cidade. Ficamos ambos na loja, calados. Clara, em seu vestido diurno, de pernas cruzadas detrás da vitrine, tricotava muito atenta. Haviam-se passado algumas semanas desde o acontecimento da cabine, tendo-se criado bruscamente entre nós não sei que espécie de severa frieza, uma tensão secreta que se traduzia por uma extrema indiferença da sua parte. Ficávamos um diante do outro horas inteiras sem dizermos uma única palavra; esse silêncio, contudo, pairava como a ameaça de uma explosão, um acordo secreto perfeito. Faltava-me a palavra misteriosa que fosse capaz de romper o invólucro das convenções; a cada fim de tarde, eu imaginava dezenas de projetos que, no dia seguinte, esbarravam nos obstáculos mais elementares; o tricô que não podia ser interrompido, a falta de uma luz mais favorável, o silêncio da loja ou aquelas três fileiras de máquinas de costura, alinhadas corretamente demais para permitir qualquer tipo de modificação importante na loja, mesmo que de ordem sentimental. Eu mantinha o tempo todo os maxilares retesados; havia um silêncio terrível, um silêncio que, no meu interior, tinha o caráter e o contorno de um grito.

Foi Clara quem o interrompeu. Falou quase aos sussurros, sem erguer os olhos do tricô:

— Se você tivesse vindo hoje mais cedo, poderíamos ter feito, pois Eugen saiu logo depois do almoço.

Até então, jamais se infiltrara em nosso silêncio nem mesmo a sombra de uma alusão sexual, mas eis que agora, a partir de umas poucas palavras, jorrava entre nós uma nova realidade, tão milagrosa e extraordinária como uma estátua de mármore que brotasse do assoalho em meio às máquinas de costura.

No mesmo instante pus-me ao lado de Clara, peguei na sua mão e a acariciei ardorosamente. Beijei-lhe a mão. Ela a arrancou de mim.

— Ei, largue-me – disse ela, enervada.

— Por favor, Clara, venha...

— Agora é tarde demais, o Eugen vai voltar, largue-me, largue-me.

Eu a tocava febrilmente nos ombros, nos seios, nas pernas.

— Largue-me – protestava Clara.

— Venha agora, ainda temos tempo – implorava.

— Onde?

— Na cabine...vamos...ali podemos ficar tranquilos.

Ao dizer *tranquilos*, meu peito preencheu-se de uma esperança fervente. Beijei-lhe de novo a mão e a puxei com força da cadeira. Ela se deixou levar de mau grado, arrastando os pés pelo assoalho.

A partir daquele dia, os *hábitos* da tarde se modificaram: tudo ainda girava em torno de Eugen, Clara e das mesmas sonatas; agora, porém, o som do violino se tornara insuportável para mim e minha impaciência espreitava o momento em que Eugen deveria ir embora. Na mesma cabine, minhas ansiedades tornaram-se outras, como se eu jogasse um jogo novo em cima de um tabuleiro com linhas traçadas para um outro jogo.

A verdadeira espera começava depois que Eugen saía. Era uma espera mais difícil e mais insuportável do que a que havia se desenrolado até então; o silêncio da loja se transformava num bloco de gelo.

Clara se sentava junto à vitrine e tricotava: todos os dias era assim o *começo* e, sem começo, nossa aventura não tinha como acontecer. Às vezes, Eugen saía enquanto Clara ainda estava quase nua na cabine. Sempre achei que isso poderia acelerar os fatos, mas estava enganado. Clara não admitia outro começo se não o da loja. Tinha de esperar inutilmente que ela se vestisse e se colocasse atrás da vitrine para abrir, na primeira página, o livro da tarde.

Sentava-me numa cadeirinha à sua frente e começava a falar-lhe, a pedir-lhe, a implorar-lhe durante muito tempo. Sabia que era em vão. Clara só raramente concordava e, mesmo assim, lançava mão de certa malícia só para não me conceder uma permissão completa.

— Vou pegar um remédio na cabine, estou com uma dor de cabeça terrível, por favor não venha atrás de mim.

Eu jurava e em seguida ia atrás dela. Iniciava-se na cabine uma verdadeira luta na qual, de maneira evidente, as forças de Clara estavam dispostas a ceder. Ela caía de uma vez no sofá, como se houvesse tropeçado em algo. Depois, punha as mãos embaixo da cabeça e fechava os olhos como se estivesse dormindo. Era-me impossível mover seu corpo um só centímetro que fosse; assim como estava, de lado, eu tinha de arrancar-lhe o vestido por debaixo das coxas e unir-me a ela. Clara não esboçava nenhuma oposição aos meus gestos, mas também não me facilitava nada. Ficava imóvel e indiferente como um tronco de madeira, e só o seu calor íntimo e secreto revelava-me que estava prestando atenção e que *sabia*.

X

Mais ou menos por essa época eu fora examinado pelo médico que me prescrevera quinino. A confirmação de minha impressão de que havia nele um quê de rato ocorreu na cabine e, como disse, de uma maneira completamente absurda e inesperada.

Um dia, enquanto eu estava colado a Clara, arrancando-lhe o vestido com gestos febris, senti algo estranho se movendo na cabine e — mais por um instinto obscuro, porém muito aguçado, do extremo prazer do qual me aproximava e que não admitia nenhuma presença estrangeira, do que por meus verdadeiros sentidos — adivinhei que uma criatura nos observava.

Assustado, virei a cabeça e vislumbrei, em cima da arca, atrás da caixinha de pó de arroz, um rato. Ele parou justo ao lado do espelho na borda da arca e ficou me olhando fixamente com seus olhinhos negros nos quais a luz da lâmpada destilava duas gotas brilhantes de ouro que me flechavam profundamente. Durante alguns segundos ele me fitou nos olhos com tanta acuidade que eu sentia o olhar daqueles dois pontos vítreos penetrando-me até o fundo do cérebro. Parecia estar pensando numa invectiva contra mim ou somente num reproche. De súbito, porém, a fascinação desmoronou e o rato pôs-se a correr, desaparecendo atrás da arca. Tinha certeza de que o médico viera me espionar.

No mesmo fim de tarde, ao tomar o quinino, minha suposição foi reforçada por um raciocínio perfeitamente ilógico, embora válido para mim: o quinino era amargo; por outro lado, o médico vira na cabine o prazer que Clara por vezes me oferecia; por conseguinte, também para o estabelecimento de um equilíbrio justo, ele me prescrevera o medicamento mais desagradável que podia existir. Era capaz de ouvi-lo, roendo o seu juízo para si mesmo: "Quanto *maiorrr* o *prazerrr*, mais *amarrrgo* há de *serrr* o *rrremédio!*"

Alguns meses depois da consulta, o médico foi encontrado morto no sótão de sua casa; dera um tiro na cabeça. Minha primeira pergunta, ao saber da sinistra notícia, foi:

— Havia ratos naquele sótão?

Essa certeza era-me necessária.

Pois, para que o médico morresse de verdade, era absolutamente necessário que um bando de ratos se arremessasse sobre o cadáver, o carcomesse e dele extraísse a matéria rateira que o médico lhes tomara emprestado durante a vida para o exercício de sua existência ilegal de *ser humano*.

XI

Quando conheci Clara, eu tinha, salvo engano, doze anos. Não importa o quão longe eu remexa em minhas recordações: até o recôndito da minha infância, encontro-as sempre relacionadas ao conhecimento sexual. Ele se me apresenta tão nostálgico e puro como a vivência da noite, do medo ou das primeiras amizades; em nada diferente de outras melancolias e outras expectativas, como por exemplo a tediosa espera de me tornar *grande*, que eu era capaz de comprovar de maneira concreta sempre que dava a mão a uma pessoa mais velha, tentando delimitar a diferença de peso e tamanho da minha mãozinha, perdida entre os dedos nodosos, na palma enorme de quem a apertava.

Em nenhum momento da infância ignorei a diferença existente entre homens e mulheres. Talvez tenha existido um período em que todos os seres vivos confundiam-se numa única transparência de movimentos e inércias; não guardo, contudo, nenhuma lembrança exata disso. O segredo sexual sempre foi aparente. Tão aparente quanto um objeto, uma mesa, uma cadeira.

Porém, ao investigar com atenção minhas mais remotas recordações, sua *falta de atualidade* é-me revelada pela compreensão errônea do ato sexual. Imaginava equivocadamente os órgãos femininos e o ato em si como algo mais pomposo e mais estranho do que como o conheci com Clara. Quaisquer que fossem as interpretações — erradas, mas que, com o tempo, tornavam-se cada vez mais justas —, pairava, inefável, um ar de mistério e amargor, que aos poucos se adensava como um quadro que o pintor realiza a partir de um esboço informe.

XII

Vejo-me muito pequeno, vestindo um camisão até os calcanhares, chorando desesperado junto à soleira de uma porta, num quintal ensolarado cujo portão dá para uma feira deserta, uma feira vespertina, quente e triste, com cachorros dormindo esticados e pessoas deitadas à sombra de barracas de verduras.

No ar, um odor pungente de legumes podres, algumas moscas grandes, violetas, zumbindo ruidosamente ao meu redor, sorvendo as lágrimas que caem sobre minhas mãos e voando em círculos frenéticos à luz densa e ebuliente do quintal. Levanto-me e urino com cuidado sobre a poeira. Ávida, a terra absorve o líquido e, no seu lugar, resta uma mancha escurecida como a sombra de um objeto inexistente. Esfrego o rosto com o camisão e lambo as lágrimas dos cantos da boca, saboreando seu gosto salgado. Torno a sentar-me na soleira e me sinto extremamente infeliz. Levara uma surra.

No meu quarto, meu pai acabara de me dar umas palmas no traseiro despido. Não sei muito bem por quê. Ponho-me a pensar. Eu estava deitado na cama, ao lado de uma menina da minha idade; haviam-nos colocado ali para dormir, enquanto nossos pais tinham ido passear. Não percebi quando retornaram e não sei o que eu estava fazendo exatamente com a menina por debaixo das cobertas. Só sei que, na hora em que meu pai ergueu de supetão a colcha, ela tinha acabado de aceitar. Meu pai ficou vermelho de raiva e me bateu. Isso é tudo.

Após ter chorado e secado os olhos ao pé da porta, sob o sol, desenho agora círculos e linhas com o dedo na poeira, troco de lugar e vou para debaixo da sombra, fico de pernas cruzadas em cima de uma pedra e começo a me sentir melhor. Uma menina vem buscar água no quintal e faz girar a roda enferrujada da bomba. Atento, ouço o rangido da velha roda de ferro, observo a água jorrando no balde como um suntuoso rabo prateado de cavalo, olho para as pernas grandes e sujas da menina, bocejo por não ter dormido nada e, vez ou outra, tento apanhar uma mosca. A vida simples recomeçando depois do choro. No quintal, o sol continua derramando seu ardor tirânico. É minha primeira aventura sexual e minha mais antiga recordação de infância.

De agora em diante, os instintos obscuros incham, crescem, deformam-se e adentram em seus limites naturais. O que deveria ter constituído uma amplificação e uma fascinação sempre crescente foi para mim uma série de abdicações e de cruéis reduções à banalidade; a evolução da infância para a adolescência significou uma contínua decadência do mundo e, à medida que as coisas se organizavam ao meu redor, seu aspecto inefável desaparecia, como uma superfície lustrosa que se torna baça.

Extática, milagrosa, a figura de Walter mantém até hoje o seu brilho fascinante.

Quando o conheci, ele estava à sombra de uma acácia, sentado num tronco de árvore, lendo um fascículo de Buffalo Bill. A luz clara da manhã se deixava filtrar pelas folhas verdes, cerradas num farfalhar de sombras muito frescas. Sua roupa não era nada comum: estava vestido com uma túnica bordô com botões de osso esculpido, calças de camurça e, nos pés sem meias, sandálias trançadas com finas tiras de couro branco. Por vezes, ao tentar reviver por um momento a sensação extraordinária daquele encontro, fito longamente a capa velha e amarelada de um fascículo de Buffalo Bill. A presença real de Walter, contudo, com sua túnica vermelha na atmosfera esverdeada da sombra da acácia, tinha um outro impacto.

A sua primeira reação foi colocar-se de pé, dando uma espécie de salto elástico como o de um animal. Fizemos amizade no ato. Conversamos um pouco e, de repente, fez-me uma proposta estupefaciente: comer flores de acácia. Era a primeira vez que eu encontrava alguém que comia flores. Walter subiu na árvore e, em pouco tempo, reuniu um buquê gigantesco. Em seguida, desceu e me mostrou como a flor deveria ser delicadamente desprendida da corola para se sorver só a ponta. Eu também tentei; a flor rompeu-se um pouco sob os dentes com um estalido muito prazeroso, esparramando pela boca um perfume suave e refrescante que eu jamais experimentara.

Por alguns momentos ficamos calados, comendo flores de acácia. De repente, ele segurou com força a minha mão:

— Quer ver a *sede* do nosso bando?

Saíam faíscas do olhar de Walter. Fiquei com um pouco de medo.

— Quer ou não quer? – perguntou-me de novo.

Hesitei por um segundo.

— Quero – respondi-lhe com uma voz que não era mais minha e com um apetite de risco que irrompeu subitamente dentro de mim e que eu bem sentia não me pertencer. Walter me levou, segurando-me pela mão, até um terreno baldio depois de atravessarmos o portãozinho do fundo do quintal. A grama e as ervas daninhas por lá cresciam à vontade. À nossa passagem, as urtigas queimavam-me as pernas e, com a mão, eu tinha de afastar os caules grossos de cicuta e bardana. No fundo do terreno baldio, chegamos perto de um muro em ruínas. Diante dele havia um fosso e um buraco profundo. Walter pulou para dentro dele e me chamou para o acompanhar; o buraco atravessava o muro e, uma vez ali, entramos numa adega abandonada.

Os degraus estavam apodrecidos e cheios de grama, as paredes estavam infiltradas com umidade, e a escuridão à nossa frente era absoluta. Walter apertava minha mão com força e me puxava com ele. Em pouco tempo, já havíamos descido dez degraus. Ali paramos.

— Temos que nos deter por aqui – disse ele –, não podemos mais avançar. Lá no fundo moram criaturas de ferro, com mãos e cabeças de ferro, nascidas do interior da terra. Elas estão lá imóveis e, caso nos peguem no escuro, nos estrangulam.

Virei a cabeça e, desesperado, olhei para a abertura da adega acima de nós, com uma luz que vinha de um mundo simples e claro, onde não existiam criaturas de ferro e onde se viam, a uma grande distância, plantas, pessoas e casas.

Walter apareceu de repente com uma tábua, sobre a qual nos sentamos. Ficamos calados de novo por alguns minutos. O ambiente da adega era gostoso e fresco, o ar tinha um aroma pesado de umidade; lá eu seria capaz de ficar horas a fio, isolado, longe das ruas abrasadoras, bem como da cidade triste e enfadonha. Sentia-me bem, cercado por paredes frias, debaixo da terra que fervia ao sol. O zumbido inútil da tarde adentrava como um eco distante pela abertura da adega.

— É para cá que trazemos as meninas que pegamos – disse Walter.

Compreendi vagamente sobre o que deveria se tratar. A adega adquiriu uma atração insuspeitada.

— E o que vocês fazem com elas?

Walter deu risada.

— Mas você não sabe? Fazemos o que todos os homens fazem com as mulheres, deitamo-nos ao lado delas e…com a pena…

— Com a pena? Que tipo de pena? O que vocês fazem com as meninas?

Walter deu risada de novo.

— Quantos anos você tem? Você não sabe o que os homens fazem com as mulheres? Você não tem uma pena? Olhe aqui a minha.

Tirou do bolso da túnica uma pequena pena preta de pássaro.

Naquele momento, senti-me abarcado por uma daquelas minhas *crises*. É possível que, se Walter não houvesse tirado a pena do bolso, eu tivesse suportado até o fim aquele ar de isolamento absoluto e desolador da adega. Mas, numa instante, aquele isolamento ganhou um significado doloroso e profundo. Só agora eu percebia o quanto a adega ficava longe da cidade e de suas ruas empoeiradas. Era como se eu mesmo houvesse me distanciado de mim, na solidão de uma profundeza subterrânea por debaixo de um dia qualquer de verão. A pena preta e brilhante que Walter me mostrava significava que nada mais existia no meu mundo conhecido. Tudo adentrava num desvanecimento em que ela luzia estranhamente, no meio daquele espaço misterioso com uma relva úmida, naquela escuridão que aspirava a luz como uma boca fria, ávida e escancarada.

— Ei, o que é que você tem? – perguntou Walter. – Deixe eu lhe dizer como é que a gente faz com a pena...

O céu lá fora, visto pela abertura da adega, tornava-se cada vez mais branco e vaporoso. As palavras ricocheteavam pelas paredes e me invadiam molemente como se atravessassem uma criatura fluida.

Walter continuava falando comigo. Ele estava porém tão longe de mim e tão aéreo que parecia apenas um clarão no escuro, uma mancha de neblina agitando-se na sombra.

— Primeiro você acaricia a menina com a pena – ouvi como se dentro de um sonho – e, depois, sempre com a pena, acaricia a você mesmo...Você tem que saber dessas coisas...

De repente, Walter se aproximou de mim e começou a me chacoalhar para me arrancar do sono. Fui me recobrando aos poucos. Quando abri completamente os olhos, Walter estava inclinado sobre o meu púbis, com a boca grudada com força ao sexo. Era-me impossível compreender o que estava acontecendo.

Walter se levantou.

— Está vendo, isso lhe fez bem...É assim que os índios guerreiros acordam os feridos; no nosso bando, conhecemos todos as mágicas e curas indígenas.

Acordei zonzo e exausto. Walter fugiu correndo e desapareceu. Subi os degraus com cuidado.

Nos dias seguintes, procurei-o por toda a parte — em vão. Só me restava encontrá-lo na adega, mas, quando fui até lá, o terreno baldio me pareceu completamente diferente. Só se viam montanhas de lixo, animais mortos e coisas em putrefação que produziam um cheiro horrível sob o calor do sol. Com Walter, eu não vira nada disso. Desisti de ir até a adega e, assim, nunca mais me encontrei com Walter.

XIII

Arranjei uma pena que eu mantinha no bolso no maior segredo, embrulhada numa folha de jornal. Às vezes me parecia que eu mesmo inventara toda aquela história da pena, e que Walter jamais existira. De vez em quando eu desembrulhava a pena do jornal e a fitava longamente: seu mistério era impenetrável. Roçava meu rosto com seu brilho mole e sedoso, e essa carícia me causava arrepios como se uma pessoa invisível, porém real, me tocasse com a ponta dos dedos. A primeira vez que a utilizei foi numa noite serena, em circunstâncias extraordinárias.

Eu gostava de ficar fora até tarde. Naquela noite, caía uma tempestade pesada e aflitiva. Todo o calor do dia se condensara numa atmosfera esmagadora, debaixo de um céu negro, arranhado por relâmpagos. Estava sentado junto à porta de uma casa, admirando o jogo das luzes elétricas nos muros da ruela. O vento fazia a lâmpada que iluminava a rua balançar, e os círculos concêntricos do globo, sombreando as paredes, oscilavam como uma água agitada dentro de uma vasilha. Compridas echarpes de poeira se formavam a partir do chão e se erguiam em serpentinas.

De repente, numa lufada de vento, tive a impressão de que uma estátua branca de mármore se alçava no ar. Havia naquele momento uma certeza, incontrolável como toda certeza. O bloco de pedra branca se distanciava rapidamente para cima, subindo oblíquo como um balão que escapa da mão de uma criança. Em poucos instantes, a estátua se transformou numa simples mancha branca no céu, do tamanho do meu punho. Agora eu podia ver distintamente duas pessoas brancas, de mãos dadas, deslizando pelo céu como dois esquiadores.

Naquele momento, uma menina surgiu na minha frente. Eu devo ter ficado boquiaberto e de olhos arregalados para cima, pois ela me perguntou, admirada, o que eu via no céu.

— Olhe...uma estátua voadora...olhe rápido...logo vai se desfazer...

Após olhar atentamente, franzindo as sobrancelhas, a menina confessou não estar vendo nada. Era a filha de vizinhos, gorducha, de bochechas coradas como borrachas e mãos sempre úmidas. Até aquele fim de tarde eu só havia trocado umas poucas palavras com ela. Em pé diante de mim, a menina de repente começou a dar risada:

— Eu sei por que você me enganou...disse ela...sei muito bem o que você quer...

Começou a se distanciar de mim, pulando numa só perna. Levantei-me e corri atrás dela; chamei-a para dentro de uma passagem obscura e ela veio sem se opor. Ali eu levantei seu vestido. Ela se deixou tocar docilmente, segurando-se nos meus ombros. Talvez estivesse mais surpresa com o que acontecia do que consciente do despudor do nosso ato.

A consequência mais surpreendente daquele evento ocorreu alguns dias depois, no meio de uma praça. Uns pedreiros despejavam cal num caixote. Estava olhando para a cal que fervia quando, de repente, ouvi alguém me chamando pelo nome aos berros e gritando: "Então quer dizer que com a pena...com a pena...não é?". Era um rapaz de uns vinte anos, robusto, ruivo e insuportável. Acho que morava numa das casas da passagem escura. Vi-o gritando na minha direção por um só momento, do outro lado do caixote, saindo fantasmagoricamente de entre os vapores da cal como uma aparição infernal que falava em meio a raios e labaredas de fogo.

Talvez ele me houvesse dito outra coisa, e minha imaginação dotara suas palavras com o significado daquilo que me preocupava naqueles dias; não podia acreditar que ele realmente vira alguma coisa no breu compacto da passagem. Pensando melhor, porém, veio-me à mente que talvez a passagem não fosse tão obscura como me parecera e que tudo houvesse sido visível (talvez tenhamos estado até debaixo da luz)...várias suposições que reforçavam minha convicção de que, durante o ato sexual, eu era possuído por um sonho que me turvava a visão e os sentidos. Impus-me mais prudência. Quem sabe de que aberrações à luz do dia eu seria capaz, sob o poder da excitação e por ele possuído como por um sono pesado em que me movimentava inconscientemente?

XIV

Uma lembrança estreitamente ligada à pena vem-me à mente: um livrinho preto muito inquietante. Eu o encontrara, no meio de outros, em cima de uma mesa, e o folheara com grande interesse. Era um romance banal, Frida, de André Theuriet, numa edição ricamente ilustrada com vários desenhos. Em cada um deles havia a imagem de um garoto de cachos loiros, com roupa de veludo e uma menina gorducha com vestidinhos de babados. O garoto parecia-se com Walter. As crianças nos desenhos ora apareciam juntas, ora separadas; compreendia-se bem que eles se encontravam sobretudo em esconderijos num parque ou debaixo de muros em ruínas. O que faziam juntos? Era o que eu gostaria de saber. Teria o garoto, como eu, uma pena guardada no bolso? Pelos desenhos isso não se entrevia e, ademais, nem tive tempo de ler o romance. Alguns dias depois, o livrinho preto desapareceu sem deixar vestígios. Comecei a procurá-lo por toda a parte. Perguntei nas livrarias, mas parece que ninguém ouvira falar dele. Devia ser um livro envolto em muitos segredos, visto que não podia ser encontrado em lugar algum.

Certo dia, tomei coragem e entrei na sala de uma biblioteca pública. Um senhor alto, pálido e de óculos que lhe tremiam levemente estava sentado numa cadeira no fundo da sala e me observou entrando. Não podia mais voltar atrás. Eu tinha de avançar até a mesa e, ali, pronunciar com clareza, diante do senhor míope, a sensacional palavra *Fri-da*, como uma confissão de todos os meus vícios ocultos. Aproximei-me da escrivaninha e murmurei, com voz fraca, o nome do livro. Os óculos do bibliotecário começaram a tremer ainda mais por cima do nariz, fechou os olhos como se consultasse sua memória e me informou "não ter ouvido falar" dele. O tremor dos óculos pareceu-me, contudo, trair uma agitação interior; agora, eu tinha certeza de que Frida abrangia as mais misteriosas e espetaculares revelações.

Muitos anos mais tarde, reencontrei o livro na estante de uma livraria. Não era mais aquele livrinho encadernado em tecido preto, mas uma brochura humilde e miserável de capa amarelada. Num instante quis comprá-lo, mas mudei de ideia e o coloquei de volta na estante. De maneira que mantenho até hoje intacta, dentro de mim, a imagem do livrinho preto em que se encerra um pouco do perfume autêntico da minha infância.

XV

Em objetos pequenos e insignificantes: uma pena preta de pássaro, um livrinho banal, uma fotografia velha com personagens frágeis e anacrônicos, que parecem sofrer de uma grave doença interna, um singelo cinzeiro de faiança verde que imita a forma de uma folha de carvalho, sempre cheirando a cinza velha; na simples e elementar lembrança dos óculos de lentes grossas do velho Samuel Weber: em tais ornamentos miúdos e objetos domésticos, reencontro toda a melancolia da minha infância e aquela nostalgia essencial da inutilidade do mundo, que me envolvia por todos os lados como um mar de ondas empedernidas. A matéria bruta, mediante sua massa profunda e pesada de poeira, pedra, céu ou água, ou mediante sua forma mais incompreensível — flores de papel, espelhos, bolinhas de gude com suas enigmáticas espirais interiores, ou estátuas coloridas —, sempre me manteve fechado numa prisão que dolorosamente se chocava contra suas paredes e perpetuava dentro de mim, sem qualquer sentido, a estranha aventura de ser homem.

Para onde quer que eu direcionasse o pensamento, ele sempre esbarrava com objetos e imobilidades que se apresentavam como muros diante dos quais eu tinha de cair ajoelhado. Pensava, aterrorizado com sua diversidade, nas infinitas formas da matéria, revolvendo-me noites inteiras, agitado com a série de objetos que desfilavam sem fim na minha memória, como escadas mecânicas a desdobrar milhares e milhares de degraus.

Por vezes, no intuito de bloquear a onda de coisas e de cores que me inundava o cérebro, eu imaginava a evolução de um só contorno, ou de um só objeto.

Imaginava, por exemplo — como um repertório correto do mundo —, o encadeamento de todas as sombras sobre a terra, um mundo estranho e fantástico dormindo aos pés da vida. Um homem negro, deitado na relva como um lenço, com pernas delgadas escorridas como água, com braços de ferro escuro, passeando por entre árvores horizontais com ramos chorosos.

As sombras dos navios deslizando pelos mares, sombras instáveis e aquáticas como tristezas que vêm e que vão, escorregando por sobre a espuma.

As sombras das aves que voam, como pássaros pretos vindos das profundezas da terra, de um aquário sombrio.

E a sombra solitária, perdida em algum lugar do espaço, do nosso redondo planeta...

Noutra ocasião pus-me a pensar nas cavernas e buracos, nos desfiladeiros das montanhas, com sua altura vertiginosa, até a caverna elástica e quente, a inefável caverna sexual. Não sei onde eu arranjara uma lanterninha elétrica com a qual, durante a noite, na cama, enlouquecido pela falta de sono e pelos objetos que, incessantes, preenchiam o quarto, eu me metia debaixo das cobertas e investigava, com um cuidado tenso, como uma pesquisa íntima sem objetivo, as pregas do lençol e os pequenos vales que se formavam entre elas. Eu tinha necessidade de uma tal ocupação precisa e miúda para conseguir me tranquilizar um pouco. Certa vez meu pai me encontrou, à meia-noite, numa exploração por debaixo dos travesseiros e tomou de mim a lanterna. Mas não me disse nada, nem brigou comigo. Creio que a descoberta lhe foi tão estranha que ele foi incapaz de encontrar vocabulário ou moralidade que pudesse ser aplicada ao caso.

Alguns anos mais tarde, encontrei num livro de anatomia a fotografia de um modelo de cera do interior da orelha. Todos os canais, seios e buracos eram de matéria plena, formando sua imagem positiva. Essa fotografia me impressionou tanto que quase desmaiei. No mesmo instante percebi que o mundo poderia existir numa realidade mais verdadeira, numa estrutura positiva das suas cavernas, de maneira que tudo o que é furado se tornasse cheio, e os relevos atuais se transformassem em vácuos de forma idêntica, sem qualquer conteúdo, como aqueles fósseis delicados e bizarros que reproduzem na pedra os vestígios de uma concha ou de uma folha macerada ao longo das eras, deixando apenas profundamente esculpidas as impressões delicadas de seu contorno.

Num mundo como esse, as pessoas cessariam de ser excrescências multicoloridas e carnosas, cheias de órgãos complexos e putrescíveis, tornando-se vácuos puros, flutuantes como bolhas de ar dentro d'água, atravessando a matéria quente e mole do universo pleno. Essa era, aliás, a sensação íntima e dolorosa que eu muitas vezes tinha na adolescência sempre que, durante minhas longas e infindáveis vagabundagens, subitamente despertava em meio a um terrível isolamento, como se as pessoas e as casas em derredor de repente houvessem se amalgamado numa massa compacta e uniforme de uma única matéria, na qual eu existia como um simples vácuo sem finalidade, locomovendo-me para lá e para cá.

XVI

Em conjunto, os objetos formavam cenários. A impressão de espetáculo me perseguia por toda a parte, com o sentimento de que tudo se desenrolava em meio a uma representação factícia e triste. Embora escapasse por vezes da visão enfadonha e opaca de um mundo incolor, deparava-me sempre com o seu aspecto teatral, enfático e antiquado.

No contexto desse espetáculo geral, havia outros espetáculos assombrosos que me atraíam mais, posto que a sua artificialidade e os atores que neles se apresentavam pareciam realmente compreender o sentido de mistificação do mundo. Só eles sabiam que, num universo espetacular e decorativo, a vida deveria ser representada com falsidade e ornamentação. Tais espetáculos eram o cinema e o *panopticum*.

Ó, sala de cinema B., longa e soturna como um submarino naufragado! As portas da entrada eram recobertas de espelhos de cristal que refletiam parte da rua. De maneira que, já na entrada, havia um espetáculo gratuito, antes do da sala, constituído por essa tela surpreendente em que a rua surgia numa luz de sonho, esverdeada, com pessoas e charretes movendo-se sonâmbulas em suas águas.

Na sala reinava um cheiro fétido e ácido de banheiro público. O chão era cimentado e as poltronas, ao se mexerem, soltavam rangidos que lembravam breves gritos de desespero. Diante da tela, uma galeria de vagabundos e cafajestes devoravam sementes e comentavam o filme em voz alta. As legendas eram escandidas por dezenas de vozes em uníssono, como se fossem exercícios de uma escola para adultos. Bem debaixo da tela agitava-se um trio composto por pianista, violinista e um velho judeu que tocava seu contrabaixo sem parar. O velho tinha ainda a função de emitir diferentes ruídos que deveriam corresponder às ações que transcorriam na tela. Ele costumava berrar "cocorocó" sempre que aparecia o galo da empresa cinematográfica no início do filme e ainda me lembro de que, uma vez, quando a vida de Jesus estava sendo representada, ele se pôs a bater a caixa do contrabaixo freneticamente com o arco no momento da ressurreição, a fim de imitar os relâmpagos celestiais.

Eu vivia os episódios do filme com uma intensidade extraordinária, integrando-me à ação como um verdadeiro personagem da trama. Muitas vezes acontecia de o filme absorver tanto a minha atenção que eu me flagrava passeando pelos parques da tela, apoiado na balaustrada das varandas italianas por onde evoluía, pateticamente, Francesca Bertini, com os cabelos soltos e os braços agitados como echarpes.

Definitivamente, não há nenhuma diferença bem estabelecida entre a nossa pessoa real e as nossas diferentes personagens interiores imaginárias. Ao acender das luzes durante a pausa, a sala revelava um ar que vinha de longe. Havia no ambiente algo de precário e artificial, muito mais incerto e efêmero do que o espetáculo na tela. Eu fechava os olhos e esperava até o ruído mecânico do aparelho anunciar-me que o filme continuaria; reencontrava então a sala na escuridão e todas as pessoas ao meu redor, indiretamente iluminadas pela tela, pálidas e transfiguradas como uma galeria de estátuas de mármore num museu ao luar da meia-noite.

Num determinado momento, o cinema começou a pegar fogo. A película se soltou e ardeu imediatamente, de modo que, durante alguns segundos, as chamas do incêndio apareceram na tela como uma espécie de aviso condescendente de que o cinema estava em chamas e, ao mesmo tempo, como uma continuação lógica do rolo do aparelho no sentido de apresentar as *atualidades* e cuja missão ele assim cumpria, num excesso de zelo, representando a derradeira e a mais palpitante delas: a do seu próprio incêndio. Eclodiram de todas as partes clamores e gritos curtos de "Fogo!

Fogo!" como disparos de revólver. O alarido que prorrompeu da sala foi de tal magnitude que parecia que os espectadores, até então calados na escuridão, não haviam feito outra coisa senão amontoar dentro de si berros e brados, como plácidos e inofensivos condensadores que explodem assim que o limite de sua capacidade de carga é ultrapassada.

Em poucos minutos, e antes que metade da sala houvesse sido evacuada, o *incêndio* foi apagado. Os espectadores porém continuavam gritando como se tivessem de gastar, uma vez desencadeada, uma determinada quantidade de energia. Uma senhorita, com o rosto empoado como gesso, berrava com estridência olhando fixamente para os meus olhos, sem que se movesse ou fizesse qualquer passo na direção da saída. Um cafajeste musculoso, convencido da utilidade de suas forças em tais circunstâncias, mas sem saber para onde direcioná-las, agarrava uma a uma as cadeiras de madeira e as arremessava contra a tela. Ouviu-se de repente um grande estrondo: uma delas atingira em cheio o contrabaixo do velho músico. O cinema era cheio de surpresas.

XVII

No verão, eu entrava cedo na matinê e saía tarde, ao anoitecer. A luz do lado de fora se modificara, o dia se extinguia. Constatava que, na minha ausência, ocorrera no mundo um acontecimento imenso e essencial, uma espécie de triste obrigação de sempre continuar — como o anoitecer, por exemplo — um trabalho rotineiro, diáfano e espetacular. Entrava dessa maneira, de novo, no seio de uma certeza que, através de seu rigor diário, parecia-me de uma melancolia sem fim. Em tal mundo, submetido aos efeitos mais teatrais e obrigado, a cada entardecer, a representar um pôr do sol correto, as pessoas ao meu redor pareciam pobres criaturas dignas de pena pela seriedade com que continuamente se ocupavam, acreditando, ingênuas, naquilo que faziam e sentiam. Havia uma única criatura na cidade que compreendia essas coisas e pela qual eu nutria uma admiração plena de respeito: a louca da cidade. Só ela, em meio às pessoas rígidas e recheadas de preconceitos e convenções até a ponta dos cabelos, só ela mantivera a liberdade de gritar e de dançar na rua quando quisesse. Corroída de imundície, ela andava esfarrapada pelas ruas, desdentada, com o cabelo ruivo desgrenhado, segurando nos braços, com ternura materna, um cofrinho velho cheio de cascas de pão e diversos objetos retirados do lixo.

Exibia o sexo aos transeuntes com um gesto que, se fosse utilizado com outro objetivo, seria considerado *pleno de estilo e elegância*. Que esplêndido, que sublime é ser louco!, dizia para mim mesmo, constatando, com um inimaginável desgosto, quantos costumes familiares arraigados e estúpidos e que esmagadora educação racional me separava da liberdade extrema da vida de um louco.

Quem nunca foi tomado por esse sentimento está condenado a jamais sentir a verdadeira amplitude do mundo.

XVIII

A impressão geral e basicamente espetacular se transformava em autêntico terror assim que eu entrava no *panopticum* com figuras de cera. Tratava-se de pavor misturado a uma vaga espécie de prazer e, de qualquer modo, àquela bizarra sensação — que por vezes nos toma — de já termos vivido num determinado cenário do passado. Se um dia porventura surgisse em mim o instinto de um objetivo na vida e se esse ímpeto estivesse ligado a algo realmente profundo, essencial e irremediável dentro de mim, creio que meu corpo deveria então se transformar numa estátua de cera de um *panopticum* e minha vida, numa simples e interminável contemplação das vitrines do cosmorama.

À luz triste dos candeeiros a carbureto, sentia realmente viver minha própria vida de maneira única e inimitável. Todas as minhas ações cotidianas poderiam ser embaralhadas como num jogo de cartas, eu não fazia questão de nenhuma delas; a irresponsabilidade das pessoas pelos seus mais conscientes gestos era fato de evidência gritante. Que importância havia se eu ou outra pessoa os cometesse, a partir do momento em que a diversidade do mundo os engolia na uniforme monotonia de sempre? No *panopticum*, e só no *panopticum*, não havia nenhuma contradição entre o que eu fazia e o que acontecia. As personagens de cera constituíam a única coisa autêntica do mundo; só elas falsificavam a vida ostensivamente, participando, com sua estranha e artificial imobilidade, da verdadeira atmosfera do mundo. O uniforme crivado de balas e manchado de sangue de um certo arquiduque austríaco, de feições tristes e amareladas, era infinitamente mais trágico que qualquer morte verdadeira. Numa caixa de cristal jazia uma mulher vestida em rendas negras, com uma face pálida e lustrosa. Uma rosa assombrosamente rubra estava fixada entre os seios, a peruca loira começava a descolar na orla da testa, enquanto o róseo do arrebique palpitava nas narinas e os olhos azuis, límpidos como vidro, fitavam-me, imóveis. Não era possível que a mulher de cera não tivesse um significado profundo e inquietante, desconhecido por todos. Quanto mais a contemplava, mais clara parecia se tornar a compreensão que eu tinha dela, persistindo dentro de mim vagamente, como uma palavra que eu quisesse lembrar mas da qual eu podia captar apenas um ritmo longínquo.

XIX

Sempre tive uma estranha atração por acessórios femininos e por objetos artificiais com ornamentos baratos. Um amigo meu colecionava as mais diversas coisas que encontrava. Numa caixa de mogno, ele escondia uma faixa de seda preta com uma renda finíssima nas bordas, costuradas com um paetê cintilante de *strass*. Havia sido decerto cortada de algum antigo vestido de baile; em alguns pontos, a seda começara a embolorar. Para que me permitisse vê-la, eu lhe dava selos e até mesmo dinheiro. Ele então me levava até uma salinha antiquada, enquanto seus pais dormiam, e me mostrava. Eu segurava o pedaço de seda na mão, emudecido de estupefação e de prazer. Meu amigo ficava na soleira da porta, de vigia; depois de alguns minutos ele voltava, pegava a seda da minha mão, guardava-a na caixa e dizia: "Pronto, acabou, chega", exatamente como Clara às vezes me dizia, nos momentos em que as tergiversações da cabine se estendiam demais.

Outro objeto que me inquietou muito quando o vi pela primeira vez foi um anel cigano. Creio que seja o anel mais fantástico que um homem pode inventar para adornar a mão de uma mulher.

Extraordinários ornamentos de mascarada de pássaros, animais e flores, todos no intuito de desempenhar um papel sexual, a cauda estilizada e ultramoderna da ave do paraíso, as penas oxidadas do pavão, a renda histérica das pétalas das petúnias, o azul inverossímil das faces do mandril são apenas pálidas tentativas de ornamentação sexual se comparados ao estonteante anel cigano. Era um objeto sublime de folha-de-flandres, fino, grotesco e hediondo. Sobretudo hediondo: atacava o amor nas regiões mais básicas e sombrias. Um verdadeiro berro sexual.

É claro que o artista que o concebeu inspirou-se das visões do *panopticum*. A pedra do anel, de um simples pedaço de vidro derretido até a grossura de uma lente, lembrava perfeitamente as lupas dos cosmoramas pelas quais contemplávamos, extremamente aumentados, navios naufragados, batalhas contra os turcos e regicídios. Podia-se ver no anel um buquê de flores cinzelado em latão ou chumbo, colorido com todas as tintas gritantes dos quadros do *panopticum*.

O violeta dos mortos por asfixia ao lado do vermelho pornográfico das cintas-ligas femininas, o palor plúmbeo das ondas enfurecidas no interior de uma luz macabra, como a semiobscuridade dos jazigos com tampas de vidro. Tudo era rodeado por folhinhas de cobre e sinais misteriosos. Alucinante.

Impressiona-me igualmente tudo o que é imitação. Flores artificiais, por exemplo, e coroas mortuárias, sobretudo coroas mortuárias, esquecidas e empoeiradas em suas caixas ovais de vidro na igreja do cemitério, cingindo com uma delicadeza passadista velhos nomes anônimos, mergulhados numa eternidade sem ressonância.

Fotografias recortadas com as quais as crianças brincam, estátuas baratas de quermesse. Com o tempo, essas estátuas perdem a cabeça ou uma das mãos até que sua proprietária, ao consertá-la, rodeia seu pescoço delicado com escrófulas brancas de gesso. O bronze do resto da estátua impregna-se então do significado de um sofrimento trágico mas nobre. E há ainda os Cristos em tamanho natural das igrejas católicas. Os vitrais arremessam sobre o altar os últimos reflexos de um crepúsculo vermelho de sol, enquanto os lírios, nesse momento do dia, exalam aos pés do Cristo a plenitude do seu perfume lúgubre e pesado. Nessa atmosfera plena de sangue aéreo e vertigem odorante, um jovem pálido toca ao órgão os últimos acordes de uma melodia desesperada.

Tudo isso emigrou do *panopticum* para a vida. No cosmorama da quermesse reconheço o lugar comum a todas essas nostalgias espalhadas pelo mundo, as quais, uma vez reunidas, constituem a sua própria essência.

Permanece vivo dentro de mim um único e supremo desejo: assistir ao incêndio de um *panopticum*; contemplar o derretimento lento e escabroso dos corpos de cera, observar petrificado as belas pernas amareladas da noiva da caixa de vidro contorcendo-se no ar, no que lhe prenderia entre as coxas uma chama verdadeira que lhe queimasse o sexo.

XX

Além do *panopticum*, a quermesse do mês de agosto trazia-me muitas outras tristezas e exaltações. Seu amplo espetáculo se inchava como uma sinfonia, desde o prelúdio dos cosmoramas isolados, que chegavam bem antes de todos e davam o tom geral da quermesse como notas desgarradas e prolongadas que anunciam, no início das peças de concerto, o tema de toda a composição, até o final grandioso, rimbombando de berros, estalidos e fanfarras, no grande dia, a que se segue o imenso silêncio do campo que ficou deserto.

Os cosmoramas que chegavam mais cedo compreendiam, em essência, a quermesse inteira, representando-a com exatidão. Era suficiente que o primeiro deles se instalasse para que todo o colorido, todo o brilho e todo o cheiro de carbureto da quermesse cobrisse a cidade.

Da multiplicidade dos sons cotidianos desprendia-se de repente um zumbido que não era nem o rangido de uma lata, nem o tinido distante de um molho de chaves, nem o ronco de um motor: um som fácil de se reconhecer entre milhares de outros e que pertencia à *roda da sorte*.

Na escuridão da avenida se acendia, ao entardecer, um diadema de cintilações coloridas, como uma primeira constelação, a da Terra. Outras logo eram acesas em seguida e a avenida se transformava num corredor luminoso, ao longo do qual eu passeava empedernido, como aquele garoto da minha idade que eu vira numa edição ilustrada de Júlio Verne, contemplando pela janela de um submarino, nas trevas suboceânicas, maravilhosas e misteriosas fosforescências marinhas.

Poucos dias depois, a quermesse já estava instalada. O semicírculo das barracas se organizava, se completava e de repente se tornava definitivo.

Zonas bem estabelecidas a dividiam em regiões de sombras e de luzes — as mesmas todo ano. Primeiro, havia a série de restaurantes com dezenas de guirlandas de lâmpadas coloridas e, em seguida, os cosmoramas com monstruosidades, a fachada ébria de luz do circo e, por fim, as humildes e obscuras barracas dos fotógrafos. As pessoas passeavam em círculo, passando, sucessivamente, por luminosidades máximas e regiões entrevadas, como a lua no desenho do meu livro de geografia, que percorria alternadamente zonas tipográficas brancas e negras.

Eu costumava entrar nos cosmoramas pequenos e mal iluminados, com poucos artistas, que nem telhado tinham, onde meu pai podia negociar com o diretor, à entrada, um preço coletivo e reduzido para toda a nossa família, que era numerosa.

A representação inteira se revestia de um aspecto de improvisação e insegurança. O vento noturno soprava frio pelas cabeças dos espectadores e, acima de nós, todas as estrelas cintilavam no céu. Estávamos perdidos numa barraca de quermesse, desnorteados pelo caos da noite num ponto espacial ínfimo de um determinado planeta. Naquele ponto, naquele planeta, pessoas e cachorros representavam em cima de um palco; as pessoas atiravam ao ar diversos objetos para os agarrar em seguida, enquanto os cachorros saltavam através de aros e andavam com duas patas. Onde acontecia tudo isso? O céu, por cima de nós, parecia ainda mais imenso...

Certa vez, numa daquelas barracas miseráveis, o artista anunciou ao público um prêmio de cinco mil leus[1] para quem imitasse o sensacional e facílimo número que ele viria a apresentar. Éramos poucos sentados nos bancos. Um senhor gordo, já há muito tempo famoso na praça por sua avareza, siderado pela inesperada possibilidade de ganhar uma grande quantia num

---

1. Moeda romena. [N. T.]

simples cosmorama de quermesse, mudou bruscamente de lugar para ficar mais próximo do palco, decidido a acompanhar com a máxima atenção cada gesto do artista a fim de reproduzi-lo e embolsar o prêmio.

Seguiram-se alguns instantes de um silêncio atroz.

O artista aproximou-se da ribalta:

— Senhores – disse ele com uma voz rouca –, trata-se de expulsar pela garganta a fumaça de um cigarro.

Ele acendeu um cigarro e, ao retirar a mão da gola, onde a mantinha todo o tempo, soltou um fiozinho de fumaça azulada através do orifício de uma laringe artificial, provavelmente consequência de uma cirurgia.

O senhor do banco da frente ficou aturdido e embaraçado; enrubesceu até às orelhas e, retornando ao seu lugar, murmurou bem alto entre os dentes:

— Ah, claro, nem é de se admirar, com uma maquininha daquelas no pescoço!

Imperturbável, o artista respondeu de cima do palco:

— Pois não, é só tentar – disposto talvez a realmente conceder o prêmio a um colega de sofrimento...

Em tais barracas, para ganhar o pão, velhos pálidos e macilentos engoliam pedras e sabonetes diante do público, jovens moças contorciam seus corpos e crianças anêmicas e esquálidas, após deixar de lado a espiga de milho que roíam, subiam no palco e dançavam agitando guizos costurados nas calças.

De dia, imediatamente após a hora do almoço, debaixo do calor ardente do sol, a desolação da quermesse era infinda. A imobilidade dos cavalinhos de pau, de olhos esbugalhados e crina bronzeada, embebia-se de não sei qual terrível melancolia de vida petrificada. Das barracas vinha um cheiro forte de comida, enquanto um único realejo, ao longe, insistia em deixar escorrer uma valsa asmática, de cujo caos irrompia, volta e meia, uma nota metálica assobiada, como um jato brusco, alto e delgado, vindo da massa de um tanque d'água.

Eu costumava ficar horas a fio diante das barracas dos fotógrafos, contemplando pessoas desconhecidas, em grupos ou sozinhas, empedernidas e sorridentes, diante das paisagens cinzentas com cascatas e montanhas longínquas. Todas as personagens, devido ao cenário comum, pareciam membros de uma mesma família que haviam excursionado ao mesmo lugar pitoresco, onde se deixaram fotografar um depois do outro.

Uma vez, num desses escaparates, deparei-me com minha própria fotografia. Esse encontro brusco comigo mesmo, imobilizado num gesto fixo, ali, na margem da quermesse, provocou em mim um efeito deprimente.

Antes de chegar à minha cidade, ela com certeza viajara por outros lugares, por mim desconhecidos. Num instante, tive a sensação de existir apenas naquela fotografia. Essa inversão de posições mentais me acontecia com frequência nas mais diversas circunstâncias. Ela surgia de supetão e transformava-me repentinamente o corpo interior. Num acidente de rua, por exemplo, durante alguns minutos eu observava o acontecimento como um espectador qualquer. De repente, contudo, toda a perspectiva se modificava — como naquela brincadeira em que devemos reconhecer na pintura da parede um animal estranho qualquer, que em outro dia não encontramos mais por vermos no seu lugar, formado pelos mesmos elementos decorativos, uma estátua, uma mulher ou uma paisagem — e no acidente de rua, embora tudo permanecesse intacto, eu via, de repente, as pessoas e todas as coisas ao meu redor, do ponto de vista do ferido, como se eu estivesse estendido no chão e visse tudo a partir da minha posição de acidentado, de baixo para cima, do centro para a periferia, com a nítida sensação do sangue escorrendo de mim. Da mesma maneira, sem qualquer esforço, como uma consequência lógica do simples fato de ver, eu me imaginava, na sala de cinema, vivendo intimamente as cenas projetadas sobre a tela, assim como me vi, diante da barraca do fotógrafo, no lugar daquele que me fitava, fixo, no cartão.

Toda a minha própria vida, a daquele que estava em carne e sangue do lado de lá do escaparate, de repente se me apresentou indiferente e sem significado, da mesma maneira como, para as pessoas vivas deste lado do vidro, pareciam absurdas as viagens por cidades desconhecidas do eu fotográfico.

Da mesma forma que a fotografia que me representava passeava de um lugar para o outro, contemplando pelo vidro sujo e empoeirado perspectivas sempre novas, eu mesmo, do lado de cá do vidro, sempre levava para passear meu personagem semelhante a vários lugares, eternamente observando coisas novas e eternamente nada entendendo delas. O fato de que eu me movia, que estava vivo, só podia ser puro acaso, um acaso que não tinha qualquer sentido, pois, assim como eu existia desta parte do escaparate, eu podia existir também para além dele, com a mesma face pálida, com os mesmos olhos, com o mesmo cabelo desbotado que formavam no espelho uma figura fugaz e bizarra, difícil de definir.

Assim chegavam até mim, do exterior, diversas advertências para me mobilizar e me tirar bruscamente da compreensão de todos os dias. Elas me estupefaziam, me detinham e resumiam, num só instante, toda a inutilidade do mundo.

Naquele segundo, tudo me parecia caótico, assim como eu tapava minhas orelhas ao ouvir uma fanfarra e, ao descolar os dedos por um instante, toda a música me parecia, naquele momento, barulho puro.

Eu passeava o dia todo pela quermesse, sobretudo pelo campo dos arredores, onde os artistas e os monstros das barracas, reunidos em torno do caldeirão com polenta, descabelados e sujos, desciam de seus belos cenários e existências noturnas de acróbatas, mulheres sem corpo e sereias, para a massa comum e a irremediável miséria de sua humanidade. O que diante das barracas parecia admirável, descontraído e por vezes até mesmo fastuoso, aqui, detrás delas, em plena luz do dia, caía numa familiaridade mesquinha e desinteressante, que era, aliás, a do mundo inteiro.

Certo dia, assisti ao enterro do filho de um dos lambe-lambes.

As portas do cosmorama estavam escancaradas e, do lado de dentro, diante do cenário que servia de fundo para as fotografias, jazia sobre duas cadeiras o caixão destampado.

A tela de trás representava um parque esplêndido, com terraços em estilo italiano e colunas de mármore.

Nessa paisagem onírica, o pequeno cadáver de mãos cruzadas sobre o peito, com roupa de festa e adornos prateados na lapela, parecia mergulhado numa beatitude inefável.

Os pais da criança e diversas mulheres choravam desesperançosamente em torno do féretro, enquanto do lado de fora a fanfarra do grande circo, emprestada grátis pelo diretor, entoava grave uma serenata do Intermezzo, a peça mais triste do programa.

Naqueles momentos, o morto com certeza estava indizivelmente feliz e sossegado, na intimidade de sua paz profunda, no silêncio infinito do parque de plátanos.

Logo, entretanto, ele foi arrancado da solenidade em que jazia e posto numa carroça para ser levado ao cemitério, para a cova fria e úmida que lhe estava reservada.

Após sua partida, o parque ficou deserto e desolado. Na quermesse, a morte também se revestia de cenários factícios e cheios de nostalgia, como se a quermesse formasse um mundo à parte, cuja missão fosse demonstrar a melancolia sem limites dos ornamentos artificiais, desde o início da vida até o fim, com o exemplo vivo de existências pálidas, consumidas à luz difusa do *panopticum* ou no repartimento da parede ilimitada, embebida de belezas supraterrestres, dos cosmoramas de fotografias.

A quermesse então se tornava, para mim, uma ilha deserta sob o bafejo de auréolas desoladas, perfeitamente semelhante ao mundo inexplicável mas límpido para onde conduziam-me as *crises* de infância.

XXI

O andar de cima da casa dos Weber, aonde eu ia com frequência desde a morte da velha Etla Weber, parecia-se com um verdadeiro *panopticum*. Nos quartos ensolarados a tarde toda, a poeira e o calor flutuavam ao longo das cristaleiras repletas de objetos antiquados, atirados ao acaso nas estantes. As camas haviam sido levadas para o térreo, deixando os dormitórios vazios. Agora o velho Samuel Weber (*Vendas & Representações*) e seus dois filhos, Paul e Ozy, moravam nos aposentos de baixo.

No primeiro aposento, que dá para a rua, foi instalado o escritório. Era um cômodo cheirando a mofo, atulhado de registros e envelopes contendo amostras de cereais, forrado por reclames velhos manchados de moscas.

Alguns deles, depois de tantos anos na parede, haviam se integrado por completo à vida familiar. Acima da caixa registradora, o reclame de uma água mineral representava uma mulher alta e esbelta, em véus diáfanos, vertendo o remédio salvador dos enfermos a seus pés. É claro que, nas horas secretas da noite, Ozy Weber vinha beber da fonte milagrosa, com braços finos como flautas e com o manúbrio do esterno escapando da camisa como o peito inchado de um peru.

Outro reclame familiar era o de uma firma de transportes que — com seu barco deslizando por sobre ondas encrespadas — completava a personalidade de Samuel Weber ao constituir, junto com o boné de capitão de navio e os óculos de lentes grossas que costumava portar, um terceiro elemento de marinheiro. Quando o velho Samuel fechava um dos livros de registro e o colocava debaixo da prensa, girando a barra de ferro, dava realmente a impressão de que manejava o timão de uma caravela por mares desconhecidos. Longos fiozinhos do algodão cor-de-rosa com que tapava os ouvidos pendiam de suas orelhas, e isso com certeza era uma sábia precaução contra as correntes marítimas.

No segundo cômodo, Ozy lia romances populares, afundado numa poltrona de couro, erguendo bem o volume para que sobre ele batesse a luz fraca que vinha da rua, atravessando o escritório. Num canto escuro, cintilava o anteparo de uma escarradeira monumental de lata, em forma de gato, e, na parede, um espelho refletia estranhamente um quadrado de luz cinzenta, como uma lembrança fantasmática do dia que escoava lá fora.

Eu costumava visitar Ozy assim como os cachorros entram em quintais alheios quando o portão está aberto e ninguém os afugenta. Atraía-me sobretudo uma brincadeira bizarra, inventada não sei mais por qual de nós e em que circunstâncias. A brincadeira constava em manter, com a maior seriedade, diálogos imaginários. Tínhamos que permanecer sérios até o fim e não revelar de maneira alguma a inexistência das coisas sobre que falávamos.

Um dia entrei e Ozy me disse, num tom terrivelmente seco, sem erguer os olhos do livro:

— A aminopirina que tomei ontem à noite para transpirar me provocou uma tosse horrenda. Fiquei me revolvendo nos lençóis até de manhãzinha. Até que há pouco veio a Matilda – não existia Matilda alguma – e me aplicou uma fricção.

O absurdo e a estupidez da coisas que Ozy narrava atingiam-me a cabeça como poderosos martelos. Talvez eu devesse sair imediatamente do aposento, mas, com uma pequena volúpia de me colocar de propósito no seu nível de inferioridade, eu lhe respondia no mesmo tom. Acho que era esse o segredo da brincadeira.

— Olhe que eu também me resfriei – disse-lhe, embora estivéssemos no mês de julho – e o Doutor Caramfil – que existia – prescreveu-me uma receita. Pena que esse médico...sabe, ele foi preso hoje de manhã...

Ozy ergueu os olhos do livro.

— Viu, faz tempo que eu lhe dizia que ele falsificava dinheiro...

— Mas é claro – acrescentei –, pois de onde ele teria para gastar com tantas atrizes de revista?

Nessas palavras havia sobretudo um prazer um pouco nojento de mergulhar na mediocridade do diálogo e, ao mesmo tempo, uma vaga impressão de liberdade. Podia, assim, caluniar à vontade o médico, que morava ali perto e que eu sabia que se deitava toda noite precisamente às nove horas.

Dessa maneira, éramos capazes de falar de tudo, misturando coisas verdadeiras com coisas imaginárias, até a conversa inteira se impregnar de uma espécie de independência aérea, desprendendo-se de nós e pondo-se a flutuar pelos cômodos, como um pássaro bizarro — de cuja existência exterior, aliás, caso o pássaro realmente aparecesse diante de nós, só duvidaríamos se as nossas palavras não tivessem nenhuma relação com nós mesmos.

Ao ganhar de novo a rua, eu tinha a sensação de ter dormido profundamente. Mas o sonho parecia continuar, e eu fitava com surpresa as pessoas conversando seriamente entre si. Será que elas não percebiam que se pode falar com gravidade sobre qualquer coisa, sobre absolutamente qualquer coisa?

Às vezes Ozy não estava a fim de conversa e me levava consigo para rebuscar o andar de cima. Naqueles poucos anos de abandono e, graças ao costume do velho Weber de mandar *para cima* todos os objetos inúteis, acabaram se acumulando ali as coisas mais diversas e extraordinárias.

Nos quartos, um sol incandescente entrava pelas janelas empoeiradas e sem cortinas. As cristaleiras vacilavam levemente aos nossos passos pelo assoalho velho, como se batessem os dentes. Separando dois quartos, uma cortina de miçangas servia de porta.

Eu subia já um pouco zonzo pelo calor do dia. A absoluta desolação dos aposentos me inquietava. Era como se eu houvesse existido num mundo conhecido há tempos e do qual não podia me lembrar muito bem. Meu corpo era tomado por uma bizarra sensação de leveza e desprendimento. Essa sensação se aprofundava ao ter de passar entre os dois cômodos separados pela cortina de miçangas.

Procurávamos nas gavetas sobretudo correspondências velhas para arrancar os selos dos envelopes. Os pacotes amarelados soltavam uma nuvem de poeira e insetos que corriam pelos papéis em busca de abrigo. Vez ou outra uma carta caía no chão, abrindo-se e revelando uma caligrafia antiga e caprichada, com tinta desbotada. Havia nela um quê de tristeza e resignação, uma espécie de conclusão cansada do passar do tempo desde que fora escrita e um sono sereno na eternidade, como o das coroas mortuárias. Encontrávamos também fotografias fora de moda, madames vestidas em crinolina, senhores meditabundos com o dedo na testa, com sorrisos anêmicos. Na parte debaixo da fotografia, dois anjos seguravam um cesto de frutas e flores, debaixo do qual estava escrito *porte visite* ou *souvenir*. Por entre fotografias e os objetos das cristaleiras — a fruteira de vidro rosa com espirais nas bordas, as bolsas de veludo dentro das quais só havia a seda roída pelas traças, diversos objetos com monogramas desconhecidos —, por entre tudo isso reinava um ar de perfeita compreensão como uma espécie de vida própria, idêntica à vida de outrora, quando as fotografias, por exemplo, correspondiam a pessoas que se moviam e que estavam vivas, quando as cartas eram escritas por mãos quentes e verdadeiras — uma vida, contudo, reduzida a uma escala menor, num espaço mais restrito, no limite das cartas e das fotografias, como num cenário contemplado por meio das lentes grossas de um binóculo, cenário este que permaneceu intacto em cada um de seus componentes, embora minúsculo e distante.

Ao cair da tarde, quando descíamos a escada, costumávamos cruzar com Paul Weber, que mantinha lá em cima um armário de roupas, no primeiro quarto, onde ia se trocar.

XXII

Ele era um menino ruivo, de mãos grandes e cabelo desgrenhado, lábios carnudos e nariz de palhaço. Mas pairava em seus olhos uma candura indizivelmente calma e tranquilizadora. Por causa desse olhar, tudo o que Paul fazia tinha um ar de desprendimento e indiferença.

Amava-o muito, mas em segredo; meu coração disparava quando o encontrava na escada. Gostava da simplicidade com que falava comigo, sorrindo sempre, como se a nossa conversa tivesse, para além do seu significado próprio, um outro, remoto e efêmero. Ele conservava aquele sorriso durante as conversas mais sérias e mesmo quando tratava dos mais diversos negócios com o velho Weber. Eu amava Paul também pela vida secreta que mantinha para além das ocupações diárias, e da qual chegavam até mim apenas ecos sussurrados com estupefação pelos adultos ao meu redor. Paul gastava com mulheres, no teatro de revista, todo o dinheiro que ganhava. Em sua devassidão havia uma fatalidade irremediável, contra a qual o velho Weber se chocava como se ela fosse uma parede. Certa vez, ressoou na cidade inteira o boato de que Paul desatrelara os cavalos das charretes da praça e os levara para a sala do teatro de variedades, onde improvisou um tipo de circo, com a participação dos mais eminentes bêbados da cidade. De outra feita, correra um boato de que ele tomara banho de champanhe com uma mulher. Mas o que é que não se dizia dele?

Era-me impossível definir minha simpatia por Paul. Enxergava bem as pessoas ao meu redor, enxergava bem a inutilidade e o aborrecimento com que consumiam suas vidas, jovens moças no jardim dando risadas estúpidas; comerciantes com olhares ardilosos e cheios de importância; a necessidade teatral do meu pai de desempenhar o papel de pai; o violento cansaço dos mendigos dormindo em esquinas imundas; tudo isso se confundia num aspecto geral e banal, como se o mundo, assim como era, esperasse havia tempo dentro de mim, construído em sua forma definitiva, e eu, a cada dia, não fizesse outra coisa senão verificar em mim o seu conteúdo envelhecido.

Tudo era muito simples; só Paul estava fora disso tudo, numa densidade de vida compacta e absolutamente inacessível à minha compreensão.

Mantinha profundamente dentro de mim todos os seus gestos e os seus menores movimentos, não como uma lembrança, mas como uma existência dupla. Muitas vezes me esforçava em andar como ele, estudava um determinado gesto e o repetia diante do espelho até convencer-me de que o repetira de maneira exata.

No andar de cima da casa dos Weber, Paul era a figura de cera mais enigmática e mais elegante. Logo ele levou para lá a mulher pálida que faltava, com gestos e andar produzidos por um mecanismo silencioso...

Assim, o andar completava sua galeria de *panopticum*, começando pelo capitão de navio Samuel Weber e acabando com o fenômeno delicado e disforme do infantil Ozy.

XXIII

Eu também encontrava velharias e objetos cheios de melancolia num outro andar abandonado, na casa do meu avô. Ali as paredes ainda estavam cobertas por quadros estranhos, emoldurados por frisos grossos de madeira dourada ou frisos mais estreitos de *plush* vermelho. Havia ainda algumas molduras feitas de conchinhas, uma ao lado da outra, trabalhadas com uma minúcia que me fazia contemplá-las horas a fio. Quem teria aplicado aquelas conchas? Quais foram os vivos e miúdos gestos que as uniram? De tais obras defuntas renasciam de súbito existências inteiras, perdidas na neblina do tempo como imagens de dois espelhos paralelos, obstruídos em profundezas esverdeadas de sonho. Num canto jazia um fonógrafo com o bocal virado para baixo, belamente pintado em fatias amarelas e róseas, como uma enorme porção de sorvete de baunilha e rosa; em cima da mesa havia várias estampas, duas das quais representavam o rei Carol I e a rainha Elisabeta.

Esses quadros me intrigaram por muito tempo. O artista parecia-me muito talentoso, pois os traços eram muito finos e seguros, embora eu não compreendesse por que ele os executara numa aquarela cinzenta, empalidecida, como se o papel tivesse ficado muito tempo debaixo d'água. Um dia, fiz uma descoberta assombrosa: aquilo que eu considerava uma cor apagada não era outra coisa senão um amontoado de letras minúsculas, que só podiam ser decifradas com uma lupa.

Em todo o desenho não havia um único sinal de lápis ou pincel; tudo era uma junção de palavras que contava a história da vida do rei e da rainha.

Minha estupefação fez de repente desabar a incompreensão com a qual eu fitava os desenhos. No lugar da minha descrença na arte do desenhista, nasceu uma infinita admiração.

Nela, senti a mágoa de não ter observado antes a qualidade essencial do quadro, fazendo crescer em mim, ao mesmo tempo, minha grande insegurança em tudo o que via: já que eu contemplara por tantos anos aqueles desenhos sem descobrir a própria matéria de que eram constituídos, não seria possível que me escapasse, devido a uma miopia semelhante, o significado de todas as coisas ao meu redor, significado este nelas inscrito, talvez, tão claramente quanto as letras que compunham aqueles quadros?

Em torno de mim, as superfícies do mundo embeberam-se subitamente de brilhos estranhos e opacidades inseguras como as das cortinas, opacidades que se tornam transparentes e que nos apresentam de repente a profundidade de um espaço assim que uma luz se acende atrás delas.

Por trás dos objetos, contudo, jamais se acendeu luz alguma, de maneira que eles permaneciam sempre presos aos volumes que os encerravam hermeticamente, e que por vezes pareciam estreitar-se para deixar entrever seu verdadeiro significado.

XXIV

Aquele andar ainda tinha outras curiosidades que só a ele pertenciam. Por exemplo, o panorama da rua visto das janelas da frente.

Sendo as paredes da casa bastante espessas, as janelas eram profundas, formando nichos onde se podia estar muito confortavelmente.

Instalava-me num deles como num quartinho de vidro e abria a janela que dava para a rua.

A intimidade do nicho, bem como a delícia de observar a rua de uma posição prazerosa, deu-me a ideia de um veículo nas mesmas medidas, com almofadas macias em que me deitasse, com janelinhas pelas quais eu olhasse para diversas cidades e paisagens desconhecidas, enquanto o veículo percorreria o mundo.

Certa vez, enquanto meu pai me contava lembranças da infância, perguntei-lhe qual fora seu desejo secreto mais ardente, no que ele me respondeu que, acima de tudo, desejara possuir um veículo miraculoso em que pudesse ficar deitado e que o levasse pelo mundo afora.

Eu sabia que, na infância, ele dormia no quarto do andar de cima com as janelas que dão para a rua, e então lhe perguntei se ele gostava de se deitar nos nichos das janelas para olhar para baixo.

Surpreso, respondeu-me que, de fato, a cada noite, quando subia para se deitar, ele se metia num dos nichos onde permanecia horas a fio, várias vezes adormecendo ali mesmo. Ele provavelmente sonhou com aquele veículo no mesmo lugar e nas mesmas circunstâncias que eu.

No mundo havia, portanto, para além de lugares malditos que secretavam vertigens e desânimos, outros espaços mais benéficos, cujas paredes destilavam imagens belas e prazerosas.

As paredes do nicho destilavam o sonho de um veículo que percorre o mundo e quem se deitasse naquele lugar acabava lentamente se impregnando dessa ideia como do fumo entorpecedor do haxixe…

XXV

Pelo andar de cima podia-se entrar também em dois sótãos, sendo que de um deles tinha-se acesso ao telhado por meio de uma janelinha. Era por ali que eu subia para o topo da casa. Cinzenta e amorfa, a cidade toda se estendia ao meu redor, até os campos longínquos, onde trens minúsculos passavam por cima de uma ponte, frágil como um brinquedo.

O que eu mais queria era não ficar tonto e poder atingir uma sensação de equilíbrio igual à que eu tinha lá embaixo, no chão. Queria continuar minha vida *normal* em cima do telhado, movendo-me, sem medo e sem qualquer impressão especial de vazio, no ar sutil e cortante das alturas. Achava que, se conseguisse isso, eu sentiria no corpo um peso mais elástico e mais vaporoso, que me transformaria totalmente e que faria de mim uma espécie de homem-pássaro. Tinha certeza de que a atenção de não cair era a que mais pesava em mim, enquanto o pensamento de estar numa grande altura me percorria como uma dor que eu queria arrancar pela raiz.

Para que nada me parecesse excepcional durante a estada lá em cima, cada vez eu me obrigava a executar algo preciso e banal: ler, comer ou dormir.

Pegava as ginjas e o pão que meu avô me dava e subia para o telhado. Dividia as ginjas em quatro pedaços e assim os comia, um a um, para que minha atividade *normal* durasse o máximo possível. A cada ginja terminada, esforçava-me em arremessar o caroço lá embaixo na rua, num caldeirão enorme em exposição na frente de uma loja.

Após descer, apressava-me em ver quantos caroços eu acertara dentro do caldeirão. Eram sempre três ou quatro. O que me decepcionava, porém, era que em derredor eu só encontrava outros três ou quatro caroços. Havia comido, portanto, pouquíssimas ginjas, embora tivesse a impressão de ter ficado horas a fio em cima do telhado. No quarto do meu avô, o mostrador de faiança verde do relógio igualmente me demonstrava que apenas alguns minutos haviam passado desde que eu subira. O tempo provavelmente se tornava cada vez mais denso à medida em que *transcorria* mais em cima. Em vão eu tentava prolongá-lo ao ficar o máximo possível no telhado. Sempre que descia, eu tinha de reconhecer que passara muito menos tempo do que imaginara. Isso reforçava minha estranha sensação, no solo, de indefinido, de inacabado...O tempo aqui embaixo era mais rarefeito que na realidade, ele continha menos matéria do que nas alturas e, assim, participava da fragilidade de todas as coisas, que, ao meu redor, pareciam tão densas embora fossem tão instáveis, sempre na iminência de abandonar seu significado e seu contorno provisórios para surgir sob a forma de sua exata existência...

XXVI

...O andar de cima se decompôs pedaço por pedaço, objeto por objeto depois da morte do meu avô. Ele morreu naquele quartinho mesquinho e úmido do quintal, que escolhera como refúgio de sua velhice e que não queria mais abandonar a não ser para o caminho derradeiro.

Todo dia eu o visitava ali, às vésperas da morte, e assisti à oração dos moribundos que ele recitou sozinho, com voz trêmula e desprovida de emoção, após vestir uma camisa branca nova para que a reza fosse mais solene.

Naquele quartinho eu o vi morto poucos dias depois, estirado sobre uma mesa de lata para o seu último banho. Meu avô tinha um irmão que era alguns anos mais novo do que ele, com o qual se parecia assustadoramente: ambos tinham a mesma cabeça muito redonda como uma pequena esfera, coberta de cabelos brancos brilhantes, os mesmos olhares vívidos e penetrantes e a mesma barba com fios escassos como uma espuma cheia de buracos.

Esse tio pediu à família para ter a honra de lavar o morto e, embora fosse velho e fraco, ele pôs mãos à obra com afinco.

Tremia da cabeça aos pés enquanto trazia da torneira do quintal baldes cheios de água para esquentá-la na cozinha.

Assim que a água esquentou, ele a levou para o quartinho e começou a lavar o cadáver com sabão e feixes de palha.

Enquanto esfregava, lágrimas se misturavam aos seus dentes e — como se meu avô pudesse ouvir o que dizia — falava-lhe aos sussurros, suspirando com amargor: "Veja só aonde chegamos...veja até onde me trouxeram meus dias miseráveis...agora você está morto e eu aqui o lavando...ai de mim...tive de viver tantos anos...para chegar a este momento tão triste..."

Com a manga da roupa ele secava as faces e a barba úmida de lágrimas e transpiração, continuando a lavar com ainda mais afinco.

Os dois velhos, espantosamente parecidos, um morto e o outro o lavando, formavam uma cena um tanto alucinante. Os empregados do cemitério, que costumavam realizar esse trabalho, recebendo por ele gorjetas de toda a família, estavam num canto e observavam contrariados esse intruso que lhes roubava a ocupação. Falavam entre si aos sussurros, fumando e cuspindo no chão em todas as direções. Após uma hora de trabalho, o irmão do meu avô terminou.

O cadáver estava deitado de bruços na mesa.

— Pronto? – perguntou um dos funcionários, um homenzinho de cavanhaque ruivo que estalava nervosamente os dedos, cheio de malícia.

— Pronto – respondeu o irmão do morto. – Agora vamos vesti-lo...

— Aha! Quer dizer que está pronto – disse de novo o homenzinho, espumando ironia. – Você realmente acha que está pronto? Você acha que é assim que se enterra um morto? Nessa sujeira desgraçada?

No meio do aposento, com um feixe de palha na mão, o pobre velho ficou surpreso, fitando-nos a todos e implorando com seu olhar emudecido que o defendêssemos. Sabia muito bem que lavara o morto com extremo cuidado e não achava que merecia tal insulto.

— Agora eu vou lhe mostrar que não se deve meter o nariz onde não é chamado...– prosseguiu o homenzinho atrevido e, arrancando da mão do velho o feixe de palha, precipitou-se com ele para a mesa, introduziu-o com um movimento rápido no ânus do morto e extraiu dele um pedaço espesso de excremento...

— Está vendo como você não sabe lavar um morto? – disse ele. – Queria sepultá-lo com essa sujeira dentro dele?

O irmão do meu avô, após ser sacudido por um tremor violento, desabou em prantos...

O sepultamento ocorreu num dia canicular de verão: nada mais triste e mais impressionante do que um enterro em pleno calor e à plena luz do sol, quando as pessoas e as coisas parecem um pouco maiores, em meio aos vapores da alta temperatura, como se vistas através de uma lupa.

Que outra coisa senão enterrar seus mortos podiam fazer as pessoas num dia como esse?

No bafo e no langor do ar, seus gestos pareciam ter centenas de anos, os mesmos de outrora, de hoje e de sempre. A cova úmida aspirou o morto num frescor e numa escuridão que com certeza o trespassaram de uma felicidade suprema. Os torrões de terra caíram pesados sobre a tampa do ataúde enquanto as pessoas, cobertas de poeira, transpiradas e cansadas, continuavam a viver, do lado de cima da terra, suas vidas imperiosas.

XXVII

Poucos dias após o enterro do meu avô, Paul Weber se casou.

Paul estava meio cansado no casamento, porém mantivera o sorriso; um sorriso triste e forçado, em que se vislumbrava o início de um devotamento.

No colarinho duro, aberto na frente, o pescoço pelado e vermelho movia-se de maneira estranha; suas calças pareciam mais compridas e mais delgadas do que de costume; as abas do fraque dependuravam-se grotescas como se fossem de um palhaço. Paul concentrava sobre sua pessoa todo aquele ar grave e ridículo da cerimônia. O ridículo mais secreto e mais íntimo da cerimônia era eu que corporificava. Eu era o pequeno palhaço em quem ninguém prestava atenção.

No fundo do salão escuro, a noiva aguardava sentada em sua poltrona sobre o estrado. Véus brancos cobriam seu rosto e só depois de sair do baldaquim e os erguer é que eu vi Edda pela primeira vez...

As mesas dos convidados estendiam-se brancas pelo quintal numa só fileira; na entrada, amontoaram-se todos os vagabundos da cidade; o céu tinha uma luz indecisa de barro amarelo; donzelas pálidas em vestidos de seda azul e rosa distribuíam pequenos bombons prateados. Era um casamento. Os músicos faziam ranger uma valsa velha e triste; de vez em quando, o seu ritmo inchava, crescia e parecia revigorar-se, para em seguida a melodia definhar de novo, cada vez mais, até dela só restar o fio metálico da flauta solitária.

Dia terrivelmente longo; um dia inteiro é demais para um casamento. No fundo do quintal não aparecia ninguém, lá ficava a estrebaria do hotel e uma elevação de onde eu podia ter um panorama de tudo, enquanto ao meu redor algumas galinhas bicavam pequenos grãos entre os fios de grama e, do quintal, vinha o sopro da valsa triste misturando-se ao aroma fresco de feno úmido da estrebaria. De lá eu vi Paul fazer algo extraordinário: ele conversava com Ozy e com certeza contava-lhe algo divertido, talvez uma piada, pois o doente começou a rir tanto que ficou roxo, quase se sufocando por debaixo do plastrão arqueado da camisa engomada.

Finalmente anoiteceu. As poucas árvores do quintal entranharam-se no escuro, nele escavando um parque misterioso e invisível.

Na sala mal iluminada, a noiva continuava no estrado ao lado de Paul, inclinando a cabeça na sua direção sempre que ele lhe sussurrava alguma coisa, abandonando languidamente o braço entre os seus dedos que o acariciavam ao longo da brancura da luva.

Trouxeram alguns bolos até a mesa. Sobretudo um, monumental como um castelo reforçado com ameias e milhares de contrafortes de um creme róseo. As pétalas das flores de açúcar que o cobriam brilhavam opacas e oleosas. Cravaram no meio dele uma faca que fez uma das rosas ranger fino sob o gume, esmigalhando-se como vidro em dezenas de pedaços. As velhas senhoras passeavam majestosas em seus vestidos de veludo, com inúmeras joias no peito e nos dedos, avançando lenta e solenemente como pequenos altares de igreja ambulantes, cobertas de ornamentos.

Pouco a pouco, o salão foi tomado pela névoa e tudo o que eu via tornou-se ainda mais vago e absurdo...Adormeci olhando para minhas mãos vermelhas e ardentes.

XXVIII

O quarto em que despertei cheirava a fumaça azeda. Num espelho à minha frente, a janela refletia a aurora, que surgia como um quadrado perfeito de seda azul. Eu estava deitado numa cama bagunçada, cheia de travesseiros. Um zumbido soava nos meus ouvidos como se dentro de uma concha; no aposento, ainda flutuavam camadas finas de fumaça.
Ao tentar me levantar, minha mão entrou nas formas esculpidas da madeira da cama; algumas preenchiam meus dedos, e outras, à luz embaciada do quarto, pareciam agigantar-se longe da cama, formando milhares de ameias, buracos e bolores rendados. Em poucos instantes, o quarto recheou-se imaterialmente com todo o tipo de volutas pelas quais eu tinha de passar para chegar à porta, afastando-as e fazendo espaço entre elas. Minha cabeça soava sem parar e todas as cavernas do ar pareciam repetir esse zumbido. No corredor, a luz branca lavou meu rosto com seu frescor, fazendo-me despertar por completo. Deparei-me com um senhor envergando uma longa camisa de noite, que me fitou com um ar bastante zangado, como se me censurasse por estar já vestido tão cedo pela manhã.
Fora dali não havia mais ninguém. Lá embaixo, no quintal, restaram as mesas descobertas dos convidados, feitas de tábuas de pinho. A aurora estava fria e enfadada. O vento espalhava papéis de bala coloridos pelo quintal deserto. Em que posição a noiva manteve a cabeça? Como é que ela a havia deitado sobre o ombro de Paul? Em certos *panoptica*, a mulher de cera tinha um mecanismo que a fazia deitar a cabeça para um dos lados e fechar os olhos.

As ruas da cidade haviam perdido todo sentido; o frio entrava por debaixo da minha roupa; estava com sono e com frio. Ao fechar os olhos, o vento aplicava sobre meu rosto um outro rosto, mais frio, e, deste lado das pálpebras, eu sentia como se portasse uma máscara, a máscara da minha face em cujo interior fazia escuro e frio como o verso de uma máscara metálica de verdade. Qual casa deveria explodir no meu caminho? Que poste deveria se contorcionar como um bastão de borracha, mostrando, assim, que me faz caretas? Em nenhum lugar e em nenhuma circunstância, nunca acontece algo no mundo.

XXIX

Ao chegar à praça, alguns homens descarregavam carne para as barracas dos açougueiros. Seguravam nos braços metades de reses vermelhas e roxas, úmidas de sangue, altas e imponentes como princesas mortas. No ar, pairava um cheiro quente de carne e urina; os açougueiros penduravam as reses com a cabeça para baixo, com seus olhares globulosos e negros direcionados para o chão. Estavam agora enfileiradas nas paredes brancas de porcelana como esculturas vermelhas, entalhadas no material mais frágil e diverso, com o reflexo aguado e irisado da seda e a limpidez turva da gelatina. Do ventre aberto, dependuravam-se a renda dos músculos e colares pesados de contas de gordura. Por ali os açougueiros enfiavam suas mãos vermelhas, retirando preciosas miudezas e as arranjando em seguida sobre a mesa: objetos redondos de carne e sangue, largos, elásticos e quentes.

A carne fresca brilhava aveludada como pétalas de rosas monstruosas, hipertrofiadas. A aurora se tornara azul como aço; a manhã fria cantava com um som profundo de órgão.

Os cavalos das carroças fitavam as pessoas com seus olhos eternamente lacrimejantes; uma égua soltara na rua um jorro fervente de urina. Na poça que se formou, espumosa aqui e transparente ali, o céu se refletia negro e profundo.

Tudo se tornara longínquo e desolador. Era de madrugada; as pessoas descarregavam carne; o vento entrava por debaixo da minha roupa; tremia de frio e de insônia; em que espécie de mundo estava vivendo?

Pus-me a correr como um louco pelas ruas. O sol surgiu vermelho de novo na margem dos telhados. As ruelas de casas altas ainda estavam governadas pela escuridão, e só no cruzamento das ruas a luz brotava cintilante como por entre portas abertas ao longo de corredores abandonados.

Passei pelos fundos da casa dos Weber; as venezianas pesadas do andar de cima estavam cerradas; tudo era triste e deserto; o casamento se consumara.

XXX

O andar de cima da casa dos Weber iluminou-se tão logo chegou Edda trazendo sombras e frescor, assim como certas claridades em bosques espessos se desanuviam com a luz verde filtrada pelas folhas.

A primeira coisa que Edda fez foi cobrir as janelas com cortinas e espalhar pelo chão tapetes macios que abafaram todos os ecos desolados do andar de cima.

Toda manhã eu ficava na sacada, inventariando aquela quantidade imensa de objetos contorcionados e artificiais que saíam das cristaleiras.

Junto com Ozy, eu os limpava conscienciosamente, para em seguida atirá-los numa caixa que ia para o lixo.

Edda entrava e saía da sacada, envergando um roupão azul e uns chinelos cujos saltos estalavam a cada passo. Por vezes permanecia apoiada no parapeito, cerrando um pouco as pálpebras e fitando o céu resplandecente.

O andar de cima embebeu-se de um aroma inefável, que lhe modificou o conteúdo como uma essência forte misturada a uma bebida alcoólica.

Assim, todos os acontecimentos na minha vida eram fadados a surgir de forma brusca e intermitente, sem que os pudesse compreender, encerrados em si mesmos e isolados do passado. Edda tornou-se um objeto a mais, um simples objeto cuja existência me torturava e irritava, como uma palavra repetida inúmeras vezes que acaba se tornando ininteligível à medida em que a necessidade de entendê-la nos parece mais imperiosa.

A perfeição do mundo estava prestes a transparecer de qualquer lugar, como um broto que ainda tem de transpor uma última casca para rebentar ao ar livre.

Nas manhãs de verão, na sacada do andar de cima, algo acontecia e todo o meu corpo debalde se esforçava em compreender o quê, exatamente.

Para me encontrar com Edda, eu me armava com todos os amargores, todas as humilhações e todo o ridículo necessário a uma aventura.

XXXI

Mantiveram a cortina de miçangas entre os quartos. As cristaleiras passaram a exibir peças de lingerie branca com laços grandes de fitas coloridas, e a casa dos Weber mudou completamente. Em torno de Edda iniciou-se uma pantomima de quatro personagens: Paul tornara-se sério e fiel; o velho Weber comprou um boné novo e um par de óculos com armação de ouro; Ozy ofegava de emoção esperando que Edda o chamasse para cima, enquanto eu permanecia na sacada, lançando olhares aguados que se perdiam no vazio.

Todo sábado à tarde nos reuníamos no aposento da frente, onde o gramofone tocava árias orientais de Kismet enquanto Edda nos servia quitutes agridoces feitos de mel e amêndoas. Havia uma fruteira repleta de avelãs, das quais se servia sobretudo Samuel Weber, que engolia com vagar e intensidade, fazendo seu pomo-de-adão dançar como uma boneca de borracha.

Mantinha as pernas uma sobre a outra, o que era uma posição de descanso totalmente imprópria para um homem de negócios ou comerciante de cereais, mais própria de um ator em cena e, quando falava, franzia os lábios para não deixar entrever seus dentes de ouro.

Ele temia encostar no mais mínimo objeto e, ao passar pela cortina de miçangas, voltava-se e unia devagar as duas metades atrás de si, para não produzir nenhum tilintar.

No caso de Ozy, todas as deformidades se acutizaram e se curvaram numa posição de atenção extrema. O manúbrio do seu esterno parecia saltar ainda mais, como se se esforçasse em apreender as mínimas palavras de Edda e surpreendê-las com um segundo de antecipação.

Sozinho, Paul caminhava por cima dos tapetes, calmo e seguro de si. Exibia gestos plenos em que não havia nada a acrescentar ou tirar e, sempre que cingia Edda nos seus braços, todos nós, os outros três, no final das contas nos consolávamos por ele fazer isso melhor do que qualquer um.

No que diz respeito a mim, não sei muito bem o que é que havia comigo naqueles dias.

Numa tarde, enfiado numa das poltronas, comecei a pressionar com força minha cabeça no *plush*. Pelos pontiagudos miúdos do veludo entraram no meu rosto, o que me produziu uma dor intensa. Num segundo surgiu dentro de mim, ridículo e magnífico, um desejo imperioso de heroísmo, assim como só numa tarde de sábado, no fastio da música do gramofone, podem jorrar os mais diversos e absurdos pensamentos.

Enfiava a cabeça no *plush* cada vez mais e, na medida em que a dor se tornava mais violenta, aumentava a tenacidade da paciência de suportá-la.

Talvez exista dentro de nós um outro tipo de fome e um outro tipo de sede que não as orgânicas — algo em mim precisava, naquele momento, ser aplacado com uma dor simples e aguda. Com força cada vez maior, eu mergulhava o rosto e o esfregava nos pelos ásperos, torturando-me com um sofrimento que já começava a me dilacerar.

De repente, Edda estacou com um disco de gramofone na mão, observando-me estupefata. Ao meu redor criou-se um silêncio que me incomodou desmesuradamente.

— Mas o que é que há com ele? – perguntou Edda.

Vi meu reflexo no espelho. Era ridículo, perfeitamente ridículo: no rosto, uma mancha roxa deixava entrever aqui e ali gotinhas de sangue.

Com os olhos bem abertos e o rosto sangrando, ao observar-me ao espelho, não pude deixar de constatar uma semelhança alegórica com a capa de um romance popular que estava na moda, representando o tzar russo, ensanguentado, com uma das mãos no maxilar, logo após sofrer um atentado.

Muito mais do que a dor no rosto, torturava-me agora o destino miserável do meu heroísmo, que acabara me fazendo interpretar, em carne e osso, um capítulo dos Mistérios da Corte de Petrogrado.

Edda molhou um lenço no álcool e limpou meu rosto. Tanto ardia que fechei os olhos. Sentia a pele ferver, ardendo como uma chama.

Imerso em tontura, desci a escada para que as ruas ávidas me recebessem de novo em sua poeira e monotonia.

XXXII

O verão inchara caoticamente o parque, as árvores e a atmosfera, como em um desenho feito por um doido.

Todo o seu sopro tórrido e amplo fez crescer monstruosamente as folhagens, que se tornaram gordas e exuberantes.

O parque extravasara como lava; as pedras ferviam; minhas mãos estavam pesadas e vermelhas.

Naquela desolação mole e quente, eu passeava com a imagem de Edda por vezes multiplicada em dezenas de exemplares, dez, cem, mil Eddas, uma ao lado da outra no calor do verão — estatuárias, idênticas e obcecantes.

Havia nisso tudo um desespero violento e lúcido, que contaminava tudo o que eu via e sentia. Em paralelo com minha vida simples e elementar, decorriam em mim outras intimidades — quentes, apaixonadas e secretas, como uma espantosa e fantástica lepra interior.

Eu compunha os detalhes de cenas imaginárias com a mais detalhada exatidão. Via-me em quartos de hotel, com Edda deitada ao meu lado, enquanto a luz do pôr do sol entrava pela janela filtrada por espessas cortinas cuja sombra fina se desenhava porosa sobre o seu rosto adormecido. Via o desenho do tapete ao lado da cama, sobre o qual estavam os seus sapatos e sua bolsa entreaberta em cima da mesa, da qual saía um pedacinho do seu lenço. O armário com espelho em que se refletia metade da cama e a pintura das flores nas paredes...

Tudo isso produzia em mim um gosto bastante amargo...

Eu perseguia mulheres desconhecidas no parque, andando atrás delas passo a passo, até voltarem para casa, onde costumava ficar diante de uma porta fechada, destruído, desesperado.

Num entardecer, segui uma mulher até a entrada de sua casa.
A casa tinha um jardinzinho na frente, fracamente iluminado por uma lâmpada elétrica.

Num impulso brusco e imprevisível, abri o portãozinho e fui atrás da mulher pelo quintal, rápida e sorrateiramente. Nesse meio tempo, ela já havia entrado em casa sem perceber minha presença, de maneira que acabei ficando sozinho no meio da alameda. Uma ideia estranha passou pela minha cabeça...

No meio do jardim havia um canteiro de flores. Num instante coloquei-me em seu centro e, ajoelhado com a mão no coração, a cabeça descoberta, assumi uma posição de prece. Eis o que eu desejava: permanecer assim o máximo possível, imóvel, petrificado no meio do canteiro. Há muito me torturava essa vontade de cometer um ato absurdo num lugar absolutamente desconhecido e, agora, isso me viera espontaneamente, sem esforço, quase como uma alegria. O entardecer zumbia quente ao meu redor e, nos primeiros instantes, senti uma enorme gratidão por mim mesmo pela coragem de ter tomado semelhante decisão.

Minha ideia era ficar completamente imobilizado mesmo que ninguém surgisse para me colocar para fora e eu tivesse de permanecer assim até a manhã do dia seguinte. Pouco a pouco, minhas pernas e meus braços se enrijeceram e minha posição ganhara uma casca interior de uma calma e uma imobilidade infindas.

Quanto tempo permanecera assim? De repente ouvi vozes na casa e em seguida a luz de fora se apagou.

No escuro, sentia melhor o bater da brisa noturna e o isolamento em que me encontrava, no quintal de uma casa desconhecida.

Alguns minutos depois, a luz se acendeu novamente e depois apagou-se. Alguém de dentro da casa a ligava e desligava para ver que efeito isso teria sobre mim.

Continuei imóvel, decidido a enfrentar experiências mais graves que um simples jogo de luz. Mantinha a mão sobre o peito e o joelho no chão.

A porta se abriu e alguém saiu no quintal, enquanto uma voz grossa de dentro da casa gritava: "Deixe, deixe-o em paz, ele vai embora sozinho". A mulher que eu perseguira pôs-se ao meu lado. Agora ela estava de roupão, de cabelos soltos e chinelos. Olhou nos meus olhos e, durante alguns segundos, nada disse. Permanecemos ambos calados. Por fim, ela pôs a mão no meu ombro e disse com brandura: "Vamos...agora acabou", como se quisesse fazer-me entender que compreendera o meu gesto e que permanecera por algum tempo calada justamente para permitir que ele se concluísse a seu modo.

Essa compreensão tão espontânea me desarmou. Levantei-me e sacudi a poeira das calças. "Suas pernas não estão doendo?", perguntou-me ela. "...seu não poderia ficar tanto tempo imóvel..." Quis dizer algo mas não consegui senão murmurar um "boa noite" e fui embora às pressas.

Todos os meus desesperos berravam de novo dolorosamente dentro de mim.

XXXIII

Eu era um garoto alto, magro, pálido, com um pescoço fino saindo da gola demasiado larga da túnica. Os braços longos dependuravam-se da roupa como dois bichos recém-esfolados. Os bolsos explodiam de papeluchos e objetos. Era difícil encontrar no fundo deles um lenço para limpar a poeira das minhas botas, quando eu ia andar pelas ruas do *centro*.

Ao meu redor produziam-se as coisas mais simples e elementares da vida. Um porco se coçava na cerca e eu ficava parado minutos a fio, contemplando. Nada superava a perfeição do rangido do pelo áspero em contato com a madeira; encontrava nele uma imensa satisfação e uma garantia tranquilizadora de que o mundo continuaria existindo...

Numa rua suburbana, havia um ateliê de escultura popular, onde eu também passava muito tempo parado.

No ateliê havia milhares de coisinhas brancas e lisas, em meio às aparas onduladas que caíam da plaina e enchiam o espaço com sua espuma rígida, cheirando a resina.

O pedaço de madeira debaixo da ferramenta tornava-se mais fino, mais pálido, suas nervuras surgindo límpidas e bem traçadas, como sob a epiderme de uma mulher.

Ao seu lado, em cima de uma mesa, alastravam-se inúmeras bolas de madeira, calmas e pesadas, que preenchiam toda a superfície da pele da minha mão com um peso macio e inefável.

Havia também peças de xadrez com perfume de verniz fresco e paredes completamente cobertas por flores e anjos.

Assim, por vezes surgiam da matéria alguns eczemas sublimes com supurações rendadas, pintadas ou esculpidas.

O orvalho congelado pululava no frio do inverno, nas formas torneadas da água aflita, e no verão brotavam flores em milhares de explosões miúdas, com flamas petaladas vermelhas, azuis, alaranjadas.

Ao longo de todo o ano, o mestre escultor, com óculos de uma lente só, extraía da madeira anéis de fumaça e flechas indígenas, conchas e samambaias, penas de pavão e orelhas humanas.

Em vão eu acompanhava seu trabalho vagaroso para surpreender o momento em que o pedaço úmido e esfarrapado de madeira expiraria numa rosa petrificada.

Em vão eu mesmo tentava cometer o milagre, passo a passo. Numa das mãos segurava o pedaço rude de pinho, pedregoso e desgrenhado, e eis que de sob a plaina de repente saía algo escorregadio como um desmaio.

Talvez, no momento em que eu começava a desbastar a madeira, um sono profundo me envolvesse, enquanto forças extraordinárias surgiam do ar como tentáculos que a penetravam, produzindo o cataclisma.

Talvez, naqueles momentos, o mundo inteiro parasse e ninguém soubesse do tempo que passara. Dormindo profundamente, o mestre decerto esculpira todos os lírios das paredes e todos os violinos com espirais.

Ao despertar, a madeira me revelava as linhas da sua idade, como a palma de uma mão aberta exibindo as linhas do destino.

A diversidade dos objetos que eu segurava, um após o outro, me aturdia. Em vão pegava uma das bolas, meus dedos escorregavam em torno dela, apertavam sua superfície, giravam-na e a soltavam para que rolasse...Em vão...em vão...era impossível entender qualquer coisa.

Ao meu redor, a matéria dura e imóvel me circundava por todas as partes — aqui, sob a forma de bolas e esculturas —, na rua, sob a forma de árvores, casas e pedras; imensa e inútil, ela me encerrava dentro de si da cabeça aos pés. Não importa para onde eu dirigisse meus pensamentos, a matéria me rodeava, a começar pela minha roupa e continuando até os mananciais dos bosques, passando por muros, por árvores, por pedras, por cristais...

A lava da matéria saíra de cada canto da terra, petrificando-se ao ar livre, sob a forma de casas com janelas, de árvores com galhos que não paravam de se alçar para espetar o vazio, de flores que preenchiam lânguida e coloridamente pequenos volumes de espaço curvo, de igrejas desabrochadas com a cúpula cada vez mais alto, até a cruz delgada da ponta, onde a matéria interrompera seu escorrimento vertical, incapaz de atingir maiores altitudes.

Por toda a parte ela infestara o ar, irrompendo nele, preenchendo-o com os abcessos enquistados das pedras, com os ocos feridos das árvores...

Caminhava enlouquecido pelas coisas que via e das quais o destino não me permitia escapar.

Acontecia-me por vezes, entretanto, encontrar um lugar isolado onde podia deixar minha cabeça descansar à vontade. Ali, ao menos por um instante, todas as vertigens se calavam para que eu me sentisse melhor.

Certa vez, encontrei um desses refúgios no lugar mais estranho e imprevisível da cidade.

Era realmente tão bizarro que nem eu teria imaginado pudesse constituir uma toca tão admirável e solitária.

Acho que só aquela sede ardente de preencher o vazio dos dias, de qualquer modo e em qualquer lugar, fizera com que eu enveredasse por uma nova aventura.

XXXIV

...Um dia, passando em frente ao teatro de variedades da cidade, tomei coragem e entrei.

Era uma tarde calma e luminosa. Atravessei um pátio sujo, com muitas portas fechadas — no fundo encontrei uma delas aberta, dando acesso a uma escada.

No vestíbulo, uma mulher lavava roupa. O corredor cheirava a lixívia. Comecei a subir os degraus, no início a mulher nada me disse, mas, quando cheguei na metade da escada, ela virou a cabeça na minha direção e murmurou mais para si mesma: "Aha!...você veio!...", confundindo-me decerto com um conhecido.

Muito tempo depois daquele acontecimento, quando relembrei esse detalhe, as palavras da mulher não me pareceram mais tão simples: elas talvez contivessem o anúncio de uma fatalidade que presidia meus tormentos e que, por intermédio da voz da lavadeira, demonstrava que os lugares de minhas aventuras eram previamente estabelecidos; eu estava fadado a chegar até eles como se caísse em emboscadas muito bem armadas. "Aha, você veio, dizia a voz do destino, veio porque tinha de vir, porque não tinha escapatória..."

Cheguei a um corredor comprido, fortemente aquecido pelo sol que entrava por todas as janelas que davam para o pátio.

As portas dos aposentos estavam fechadas; não se ouvia o mínimo ruído em parte alguma. Num canto, uma torneira de água pingava incessante. O corredor estava quente e deserto; o ralo aspirava vagarosamente cada gota d'água, como se sorvesse uma bebida gelada.

No fundo, uma porta dava para o sótão, onde encontrei roupas penduradas num varal. Atravessei o sótão e cheguei a um pequeno vestíbulo com quartinhos limpos, recentemente caiados. Em cada um deles havia um baú e um espelho; eram com certeza os camarins dos artistas de variedades.

Num dos lados havia uma escada descendente, por onde cheguei até o palco do teatro.

Vi-me portanto, de repente, no palco vazio, diante da sala deserta. Meus passos se recobriam de uma estranha ressonância. Todas as cadeiras e mesas estavam corretamente dispostas para uma representação. Encontrava-me sozinho diante delas, no palco, em meio a um cenário de floresta.

Quis abrir a boca, sentia que tinha de dizer alguma coisa em voz alta, mas o silêncio me petrificara.

De repente, vislumbrei o alçapão do ponto. Inclinei-me e olhei lá dentro.

Num primeiro momento nada pude distinguir, mas, pouco a pouco, descobri um subsolo cheio de cadeiras quebradas e antigos objetos cenográficos.

Com movimentos prudentíssimos, enfiei-me no alçapão e desci.

Por toda a parte, a poeira se depusera em grossas camadas. Num canto jaziam estrelas e coroas de cartão dourado, que haviam provavelmente servido para um espetáculo feérico. Num outro canto, uma mobília em estilo rococó, uma mesa e algumas cadeiras com pernas quebradas. No meio, uma poltrona solene, quase no gênero de um trono real.

Nela afundei, exausto. Finalmente encontrava-me num lugar neutro, onde ninguém podia saber que eu estava. Apoiei as mãos nos braços dourados da poltrona e me deixei embalar por completo pela mais poderosa sensação de solidão.

A escuridão ao meu redor dissipou-se um pouco; a luz do dia chegava suja e empoeirada através de janelas duplas. Encontrava-me longe do mundo, longe das ruas quentes e exasperantes, numa célula fresca e secreta, no fundo da terra. No ar, o silêncio flutuava velho e embolorado.

Quem poderia desconfiar do meu paradeiro? Tratava-se do lugar mais insólito na cidade inteira, onde, ao dar-me conta de estar ali, eu me deixava invadir por uma calma alegria.

Em torno de mim jaziam poltronas tortas, vigas empoeiradas e objetos abandonados: era justamente o lugar comum a todos os meus sonhos.

Durante algumas horas permaneci sossegado, numa beatitude perfeita.

Até que por fim deixei o esconderijo pelo mesmo caminho que percorrera ao chegar. Curiosamente, nem mesmo dessa vez não encontrei ninguém.

O corredor parecia incendiado pelas chamas do sol que se punha. O ralo continuava aspirando a água com sorveduras breves e regulares.

Na rua, tive por um momento a impressão de que nada daquilo acontecera. Minhas calças, porém, estavam cobertas de poeira; deixei-as assim, sem limpar, como prova mais à mão da longínqua e admirável intimidade que acabara de vivenciar debaixo do palco. No dia seguinte, na mesma hora da tarde, fui subitamente tomado pela nostalgia do subsolo isolado.

Tinha quase certeza de que, dessa vez, me encontraria com alguém, fosse no corredor ou na sala. Durante algum tempo tentei resistir à tentação de retornar. Eu estava, entretanto, abatido demais por causa do calor do dia para que a possibilidade de um risco me assustasse. Eu tinha de voltar para baixo do palco, custe o que custasse.

Passei pela mesma porta do pátio e subi pela mesma escada. O corredor estava deserto como antes e não havia ninguém no sótão, nem na sala lá embaixo.

Em poucos minutos eis que me encontrava de novo no meu lugar, na poltrona teatral, em minha deliciosa solidão. Meu coração batia mais forte; estava mais do que emocionado com o êxito de minha extraordinária escapada.

Pus-me a acariciar extaticamente os braços da poltrona. Queria que o estado em que eu me encontrava me penetrasse o mais profundamente, pesasse dentro de mim o máximo possível, percorresse cada fibra do meu corpo para que eu a percebesse como verossímil.

Dessa vez também fiquei durante muito tempo, tendo ido embora mais uma vez sem encontrar ninguém...

Comecei a fazer essas visitas embaixo do palco regularmente, toda tarde.

Como se já fosse algo perfeitamente normal, os corredores estavam sempre vazios. Despencava na poltrona, esmagado de felicidade. A mesma luz azulada e fresca de porão atravessava as janelas sujas. Impunha-se a mesma atmosfera secreta de uma perfeita solidão da qual eu não conseguia me fartar.

XXXV

Certa tarde, essas excursões diárias ao subsolo do teatro terminaram, da mesma estranha maneira como haviam começado.

Ao sair do sótão ao entardecer, uma mulher no corredor pegava água da torneira.

Passei lentamente ao seu lado, com o risco de que me perguntasse o que estava fazendo ali. Ela, porém, continuou seu serviço, com aquele ar defensivo de indiferença que as mulheres adotam ao pressentirem que um desconhecido quer lhes falar.

Detive-me no alto da escada, desejoso de travar uma conversa com ela. Havia, por um lado, minha hesitação e, por outro, sua certeza amuada de que eu iria lhe dirigir a palavra. O sussurro da água da torneira dividia friamente o silêncio em dois campos bem distintos.

Voltei-me e me aproximei dela. Ocorreu-me perguntar-lhe se por acaso conhecia alguém que pudesse posar para mim como modelo para uns desenhos. Pronunciei a palavra *alguém* num tom perfeitamente relaxado, para que não se subentendesse um mero desejo trivial de ver uma mulher nua, mas apenas a preocupação exclusivamente artística e abstrata de desenhar.

Alguns dias antes, um estudante, decerto contando vantagem, me dissera que ele chamava em sua casa em Bucareste jovens moças sob o pretexto de desenhá-las, para depois se deitar com elas. Tinha certeza de que nada disso era verdade e sentia, não sei como, falta de destreza na história do estudante, como se recontasse por conta própria um caso do qual ouvira falar. Apesar de tudo, ela permanecera bem marcada em minha memória e, agora, surgia uma ocasião maravilhosa para utilizá-la. De maneira que a história de um desconhecido distante, após atravessar o terreno infértil de outra pessoa, tornara-se de novo suficientemente madura para aplicar-se à realidade.

A mulher não entendia, ou fingia não entender, embora eu me esforçasse em explicar as coisas da maneira mais límpida.

Enquanto falava, uma porta se entreabriu e apareceu outra mulher.

Ambas se aconselharam aos sussurros.

— Muito bem, vamos levá-lo então até a Elvira, ela não tem mesmo o que fazer – disse uma delas.

Conduziram-me até um quartinho escuro e acanhado, que eu jamais percebera, ao lado do sótão. No seu interior, em vez de janela havia duas fendas na parede, pelas quais entrava uma corrente de ar frio. Era a cabine cinematográfica de onde, durante o verão, projetavam-se os filmes no jardim do teatro de variedades. No chão, viam-se as marcas do pedestal de cimento sobre o qual se apoiava o projetor.

Num canto, uma mulher doente jazia na cama, coberta até a boca, batendo os dentes. As outras mulheres foram embora, deixando-me sozinho no meio do aposento.

Aproximei-me da cama. A doente tirou uma das mãos de sob o cobertor e a estendeu na minha direção. Era uma mão comprida, fina, gelada. Disse-lhe em poucas palavras que tudo aquilo era uma confusão, que eu havia sido trazido até ela por engano. Balbuciei umas desculpas, dizendo-lhe vagamente do que se tratava: uns desenhos para um concurso artístico.

Retendo de tudo o que lhe dissera apenas a palavra *concurso*, ela me respondeu com uma voz débil:

— ...Certo...certo...vou prestar-lhe o meu concurso...quando recobrar a saúde...agora eu não posso...

Ela tinha entendido que eu precisava de auxílio financeiro. Desisti de dar explicações e fiquei sem graça por alguns instantes, sem saber como preparar minha partida.

Enquanto isso, ela começou a se lamentar com um tom bastante natural, como se ainda se desculpasse por não me poder oferecer nada.

— Está vendo, estou com gelo em cima da barriga...estou com calor...estou com calor...me sinto muito mal...

Fui embora entristecido, sem nunca mais voltar ao teatro de variedades.

XXXVI

O outono chegou com seu sol avermelhado e suas manhãs embaçadas. As casas da periferia, amontoadas sob a luz, cheiravam a cal fresca. Eram dias desbotados de céu nublado como uma roupa suja. A chuva tamborilava infinitamente no parque desolado. Pesadas cortinas de água se agitavam pelas alamedas como num imenso salão vazio. Eu rumorejava pela grama úmida enquanto a água jorrava pelos meus cabelos e braços.

Nas ruelas sujas do subúrbio, quando a chuva parava, as portas se abriam e as casas sorviam ar. Eram interiores humildes com armários torneados, buquês de flores artificiais arrumados em cima da cômoda, estatuetas de gesso abronzeado e fotografias dos Estados Unidos. Vidas sobre as quais eu nada sabia, perdidas nos cômodos meio embolorados sob tetos baixos, sublimes em sua indiferença resignada. Queria morar naquelas casas, deixar-me penetrar por sua intimidade, dissolvendo em sua atmosfera, ácido fortíssimo, todos os meus devaneios e amargores.

O que eu não daria para poder estar nesse ou naquele quartinho, entrando com familiaridade e me atirando exausto sobre o velho divã, em meio a almofadas de cretone florido? Ali eu poderia alcançar outra intimidade interior, respirar outro ar e tornar-me outro eu...Estendido no divã, poderia contemplar, do interior da casa, por detrás das cortinas, a rua por onde eu andava (eu procurava imaginar o mais exatamente possível o aspecto da rua vista a partir do divã, pela porta entreaberta), poderia encontrar de imediato dentro de mim lembranças que jamais vivi, lembranças desconhecidas da vida de sempre que eu levava, lembranças pertencentes à intimidade das estatuetas abronzeadas e ao globo velho do abajur com borboletas azuis e violetas.

Como eu me sentiria bem naquele cenário barato e indiferente, que nada sabia de mim...

Na minha frente, a ruela suja espalhava sem parar sua pasta lamacenta. As casas se seguiam umas às outras como dobras de um leque, umas brancas como cubos de açúcar, outras pequenas, com o telhado puxado por cima dos olhos, cerrando os maxilares como boxeadores. Podia ver uma carroça de feno ou, de repente, coisas extraordinárias: uma pessoa andando pela chuva, levando nas costas um candelabro com ornamentos de cristal, toda uma vidraria que tilintava como sininhos em cima de seus ombros, enquanto pesados pingos d'água escorriam por todas as facetas brilhantes. Em que consistia, no final das contas, a gravidade do mundo?

No parque, a chuva lavava as flores e as plantas murchas. O outono acendia nelas incêndios acobreados, vermelhos e roxos como chamas que brilham mais forte antes de se apagarem. Na feira, água e barro escorriam em tromba dos montes enormes de verdura. No corte das beterrabas surgia de repente o sangue escuro e vermelho da terra. Mais para lá jaziam batatas bondosas e brandas, ao lado de cabeças cortadas amontoadas de repolhos enfolhados. Num canto erguia-se a pilha, exasperadamente bela, das abóboras inchadas e horrendas, com sua casca estorricada de tanto sol sorvido o verão inteiro.

No meio do céu, as nuvens se agrupavam e depois se dissipavam, deixando entre elas espaços raros como corredores infinitamente perdidos ou, noutras vezes, vazios imensos que eram mais bonitos do que o vazio dilacerante que pairava sempre sobre a cidade.

Naquele momento, a chuva caía ao longe, de um céu que não tinha mais limites. Gostava da cor modificada da madeira molhada e das grades enferrujadas cheias d'água, diante dos quintais bem comportados das casas, que o vento, misturado a torrentes de água, atravessava como uma gigantesca crina de cavalo.

Por vezes eu queria ser um cachorro para poder observar esse mundo molhado a partir da perspectiva oblíqua dos animais, de baixo para cima, levantando a cabeça. Aproximar-me mais do chão, com os olhares nele fixados, estreitamente unido à coloração violeta do barro.

Esse desejo, que há muito me habitava, revolveu-se frenético naquele dia de outono no arrabalde...

XXXVII

Naquele dia, meus passos levaram-me até a margem da cidade, no descampado onde se organizava a feira de animais.

Diante de mim, o arrabalde se estendia encharcado pela chuva como uma imensa poça de lama. O esterco exalava um cheiro ácido de urina. Por cima de nós, o sol se punha num cenário esfarrapado de ouro e púrpura. Diante de mim se estendia, perdendo-se de vista, o barro quente e mole. Que outra coisa, além dessa massa limpa e sublime de sujeira, poderia preencher meu coração de alegria?

Primeiro, hesitei. Dentro de mim ainda lutavam, com as forças de um gladiador moribundo, os últimos vestígios da educação. Num abrir e fechar de olhos, porém, eles naufragaram numa noite negra, opaca, e perdi o controle de mim mesmo.

Entrei na lama primeiro com um pé, depois com o outro. Minhas botas deslizaram suavemente na massa elástica e pegajosa. Eu passara a ser uma excrescência do barro, estava unido a ele na mesma substância, como se eu houvesse brotado da terra.

Agora eu tinha certeza de que as árvores também não passavam de barro solidificado, irrompido da crosta terrestre. A sua cor era eloquente. Mas só as árvores? E as casas, e as pessoas? Sobretudo as pessoas. Todas as pessoas. Não se tratava, claro, de nenhuma lenda estúpida dizendo que "da terra saíste e à terra retornarás". Isso era vago demais, abstrato demais, inconsistente demais diante do descampado lamacento. As pessoas e as coisas despontaram justamente desse mesmo esterco e dessa mesma urina em que eu afundava minhas *concretíssimas* botas.

Em vão as pessoas haviam se coberto com sua pele branca e sedosa e se vestido com roupas feitas de tecido. Em vão, em vão...Nelas havia a lama implacável, imperiosa e elementar; a lama quente, gordurosa e fedorenta. O tédio e a estupidez com que preenchiam sua vida demonstravam isso de sobra.

Eu mesmo era uma criação especial do barro, um missionário por ele enviado a este mundo. Naqueles momentos, sentia isso perfeitamente enquanto recordava minhas noites convulsas e escuridões febris, quando minha lama essencial se arrojava inutilmente e se esforçava em atingir a superfície. Eu fechava os olhos, mas o barro continuava fervendo na obscuridade, em murmúrios ininteligíveis...

Em derredor se estendia o arrabalde cheio de lama...Essa era a minha carne autêntica, despojada de roupas, despojada de pele, despojada de músculos, despojada até a lama.

Sua umidade elástica e seu cheiro cru me acolhiam até suas profundezas, pois eu lhes pertencia por completo. Algumas aparências, puramente acidentais, como por exemplo os poucos gestos que eu era capaz de realizar, o cabelo liso e fino, os olhos vítreos e úmidos, me separavam de sua imobilidade e de sua antiquíssima sujeira. Era pouco, pouco demais diante da imensa majestade do lodo.

Caminhava em todas as direções. Afundei os pés até o tornozelo. Uma chuva mansa caía e, ao longe, o sol ia dormir atrás da cortina de nuvens ensanguentadas e purulentas.

De repente me inclinei e meti as mãos no esterco. Por que não? Por que não? Tinha vontade de berrar.

A pasta era morna e branda; minhas mãos se moviam nela sem dificuldade alguma. Ao fechar o punho, o barro escapava por entre os dedos sob a forma de belas fatias negras e brilhantes.

O que haviam feito as minhas mãos até agora? Onde haviam perdido seu tempo? Eu as movia para lá e para cá, conforme ditava o coração. O que haviam sido até então senão pobres aves prisioneiras, amarradas aos ombros com uma terrível corrente de couro e músculos? Pobre aves, fadadas a voar em gestos estúpidos de bom comportamento, aprendidos e ensaiados como algo de grande importância.

Pouco ao pouco, elas voltaram a ser selvagens e passaram a gozar de sua velha liberdade. Agora elas revoluteavam a cabeça no esterco, arrulhavam como pombos, batiam as asas, felizes...felizes...

De alegria, comecei a agitá-las por cima da cabeça, fazendo-as voar. Gotas grandes de lama caíam sobre meu rosto e minha roupa.

Por que as teria limpado? Por quê? Era apenas o começo; meu gesto não gerava nenhuma consequência grave, nenhum tremor no céu, nenhum abalo da terra. Logo passou pelo meu rosto uma mão cheia de sujeira. Fui tomado por uma imensa alegria, há muito não me sentia tão bem disposto. Levei ambas as mãos ao rosto e ao pescoço e, em seguida, esfreguei-as no cabelo.

A chuva começou de repente a cair mais fina e mais cerrada. O sol ainda iluminava o arrabalde como um imenso candelabro no fundo de um salão de mármore cinzento. A chuva caía à luz do sol, uma chuva dourada, cheirando a roupa lavada.

O arrabalde estava deserto. Aqui e ali, um montinho de espigas secas comidas pelas vacas. Peguei uma delas e a abri atentamente. Tremendo de frio, minhas mãos cheias de barro limpavam com dificuldade as folhas de milho. A atividade, porém, me interessava. Havia muito o que descobrir numa espiga seca. Ao longe, no fim do descampado, entrevia-se uma choupana coberta de junco. Corri até ela e me protegi sob o beiral. O telhado era tão baixo, que eu batia a cabeça nele. A terra junto à parede estava perfeitamente seca. Deitei-me no chão. Apoiei a cabeça nuns sacos velhos e, de pernas cruzadas, podia agora dedicar-me livremente a uma análise minuciosa da espiga.

Estava feliz em poder me debruçar sobre uma pesquisa tão apaixonante. Os canais e as cavidades da espiga me preenchiam de entusiasmo. Abri-a com os dentes e encontrei dentro dela uma penugem macia e adocicada. Esse forro era maravilhoso para uma espiga; se também as pessoas tivessem artérias revestidas por uma penugem tão suave, com certeza a sua escuridão seria mais doce e mais fácil de suportar.

Ao fitar a espiga, o silêncio dava uma risada mansa dentro de mim, como se, do lado de dentro, alguém estivesse fazendo bolhas de sabão.

Chovia, o sol brilhava e, ao longe, em meio à névoa, a cidade fumegava como uma montanha de lixo. Alguns telhados e torres de igrejas cintilavam estranhamente nesse crepúsculo úmido. Estava tão feliz que nem sabia que ação absurda deveria cometer primeiro: analisar a espiga, deitar-me ou observar a cidade ao longe.

Um pouco mais além dos meus pés, onde o barro começava, uma rã de repente pôs-se a pular. Primeiro se aproximou de mim, para em seguida mudar de ideia e se dirigir ao arrabalde. "Adeus, rã!", gritei enquanto ela se distanciava, "Adeus! Meu coração se despedaça por você me abandonar tão cedo...Adeus, minha bela!..." Comecei a improvisar uma longa fala dirigida à rã e, ao seu término, atirei a espiga na sua direção, na tentativa de acertá-la...

Finalmente, observando fixamente as vigas acima de mim, fechei os olhos cansados e adormeci.

Um sono profundo logo se apoderou de mim até a medula dos ossos.

Sonhei que passeava pelas ruas de uma cidade cheia de poeira, muito ensolarada e repleta de casas brancas; talvez uma cidade oriental. Caminhava ao lado de uma mulher vestida de preto, com grandes véus de luto. Estranhamente, porém, a mulher não tinha cabeça. Os véus estavam muito bem arranjados no lugar onde a cabeça deveria estar, mas no lugar dela só havia um buraco escancarado, uma esfera vazia até a nuca.

Ambos estávamos muito apressados e, um ao lado do outro, acompanhávamos uma carroça com o símbolo da Cruz Vermelha, em que se encontrava o cadáver do marido da senhora em negro.

Dei-me conta de que estávamos em tempo de guerra. De fato, logo chegamos a uma estação de trem e descemos as escadarias até um subsolo com uma iluminação elétrica muito fraca. Havia acabado de chegar um comboio de feridos, e as enfermeiras iam e vinham agitadas na plataforma, com cestinhos de cerejas e biscoitos que eram repartidos entre os inválidos do trem.

De repente, desembarcou de um compartimento da primeira classe um senhor gordo, bem vestido, com a insígnia de uma condecoração na lapela.

Usava monóculo e polainas brancas. A careca se escondia debaixo de alguns fios de cabelo prateado. Nos braços, um cachorro pequinês branco, com olhos como se fossem duas bolinhas de ágata boiando em óleo.

Por alguns instantes ele andou para cima e para baixo pela plataforma, como se procurasse algo. Finalmente, encontrou: tratava-se da vendedora de flores. Escolheu do cesto alguns buquês de cravos vermelhos e pagou, tirando o dinheiro de uma carteira elegante e delgada, com um monograma de prata.

Em seguida, subiu de volta ao trem e, pelo vidro, observei como instalara o cachorrinho em cima da mesinha junto à janela e lhe dava de comer, um por vez, os cravos vermelhos, que o bicho engolia com visível apetite...

Um sobressalto horrível me despertou.

Agora chovia muito forte. As gotas golpeavam o chão bem ao meu lado e tive de me estreitar junto à parede. O céu se enegreceu e, ao longe, não se via mais a cidade.

Embora estivesse com frio, minha face ardia. Sentia muito bem a sua efervescência por debaixo da crosta de barro ressequido. Ao tentar me levantar, levei um choque elétrico nas pernas. Ficaram completamente amortecidas e tive de descruzá-las devagar, uma depois da outra. As meias estavam frias e molhadas.

Pensei em me abrigar dentro da choupana. Mas a porta estava trancada e, no lugar de janela, a casinha só tinha uma abertura fechada com tábuas pregadas. Como o vento dispersava a água da chuva em todas as direções, eu não tinha como me proteger dela.

Começara a anoitecer. Em pouco tempo, o arrabalde afundou na escuridão. Bem na sua margem, da direção de onde eu viera, uma taberna se iluminara.

Fui imediatamente para lá; tencionava entrar, beber alguma coisa, estar num lugar aquecido em meio às pessoas e ao fedor do álcool. Rebusquei meus bolsos e não encontrei um centavo. Diante da taberna, a chuva caía abundante através de uma cortina de fumaça e vapores que bafejava fedorenta do interior.

Tinha de me decidir, ir para casa, por exemplo. Mas como?

No lamentável estado de sujeira em que me encontrava, não era possível. Mas abdicar da sujeira eu também não queria. Um amargor indescritível tomou conta da minha alma, como aquele que alguém sente ao perceber que, diante de si, não tem absolutamente mais nada por fazer, nada por realizar.

Comecei a correr pelas ruas na escuridão, saltando por sobre as poças e entrando até os joelhos em algumas delas. Num determinado momento, o desespero cresceu dentro de mim compelindo-me a gritar e bater com a cabeça nas árvores. Entretanto, logo toda a tristeza se coagulou num pensamento tranquilo e suave. Agora eu sabia o que deveria fazer: tendo em vista que nada mais podia continuar, só me restava acabar com tudo. O que eu deixaria para trás? Um mundo úmido, feio, em que chovia devagar...

XXXVIII

Entrei em casa pela porta dos fundos. Passei sorrateiro pelos cômodos, evitando ver-me no espelho. Procurava algo rápido e eficaz que despejasse de uma vez nas trevas tudo o que eu via e sentia, assim como se esvazia uma carroça carregada de pedras ao se retirar uma tábua do fundo.

Comecei a remexer pelas gavetas, em busca de um veneno fulminante. Enquanto rebuscava, nenhum pensamento vinha-me à cabeça; tinha que terminar, o mais rápido possível. Era como se eu tivesse de cumprir uma tarefa como qualquer outra.

Encontrava toda sorte de objetos que não podiam servir para nada: botões, cordões, barbantes coloridos, papeluchos, tudo com um cheiro forte de naftalina. Tantas, tantas coisas, todas incapazes de provocar a morte de uma pessoa. Eis o conteúdo do mundo nos momentos mais trágicos: botões, barbantes e cordões...

No fundo de uma gaveta, encontrei uma caixa cheia de comprimidos brancos. Podia ser um veneno, como também podia ser um remédio inofensivo. Veio-me à mente, porém, que se tomados em grande quantidade deveriam ser tóxicos de qualquer modo.

Pus um deles na língua, que soltou na boca um gosto meio salgado e insípido. Ao triturá-lo entre os dentes, seu pó absorveu toda a saliva. Minha boca ficou seca.

Havia muitos comprimidos na caixa, mais de trinta. Fui até a torneira do quintal e, aos poucos, pacientemente, pus-me a engoli-los. Para cada comprimido eu tomava um gole de água; precisei de muito tempo até terminar a caixa. Os últimos não escorregavam mais, era como se a garganta tivesse inchado.

Uma escuridão completa envolvia o quintal. Sentei-me num degrau e comecei a esperar. No meu estômago se desencadeou uma ebulição terrível, mas, fora isso, eu me sentia bem, o farfalhar da chuva parecia-me agora indescritivelmente íntimo. Parecia compreender o meu estado, penetrando-me profundamente no intuito de me fazer bem.

O quintal se transformou numa espécie de salão em que eu me sentia leve, cada vez mais leve. Todas as coisas se esforçavam desesperadas em não afundar na obscuridade. De repente, dei-me conta de que transpirava exageradamente. Meti a mão por dentro da camisa e a retirei molhada. Ao meu redor, o vazio crescia vertiginosamente. Em casa, quando me atirei à cama, o suor me escaldava da cabeça aos pés.

XXXIX

Era uma cabeça bonita, extraordinariamente bonita.

Aproximadamente três vezes maior que uma cabeça humana, girando lentamente sobre um eixo de latão que a atravessava do pescoço até a moleira.

No início, eu só conseguia ver a nuca. De que material podia ser? Tinha um brilho apagado de azulejo velho, com nuances de marfim. Pequenos desenhos azuis estavam impressos por toda a sua superfície, como uma espécie de filigrana que se repetia geometricamente, como o desenho de um linóleo. De longe, parecia uma caligrafia miúda e fina aplicada sobre um papel marfinizado; algo de uma beleza inimaginável.

Assim que a cabeça começou a se mover, rodando sobre o eixo, fui invadido por uma profunda vertigem. Sabia que, dentro de alguns segundos, apareceria a face do crânio — um rosto terrível e assustador.

Era um rosto aliás bem formado, com todos os relevos humanos habituais: olhos fundos, queixo bem proeminente e um triângulo escavado debaixo de cada maçã, como nas pessoas magras.

Por outro lado, a pele era fantástica: formada por finas lâminas de carne delgada, uma junto à outra, como as lamelas cor de café do lado de baixo dos cogumelos.

As lâminas eram tantas e tão apertadas umas às outras, que, ao observar a cabeça fechando um pouco as pálpebras, nada parecia anormal, e as minúsculas linhas se assemelhavam a sombras hachuradas de uma gravura em cobre.

Às vezes, durante o verão, ao contemplar as castanheiras de longe, carregadas de folhas, percebia que elas se pareciam com enormes cabeças cravadas em troncos, com a face profundamente escavada, assim como as lamelas da *minha* cabeça.

Quando o vento soprava pelas folhas, a face ondulava como as ondas de um trigal.

Da mesma maneira, a cabeça tremulava às oscilações do pedestal.

XL

Para confirmar que a face era feita de lamelas, bastava afundar só um pouquinho o dedo na carne. O dedo entrava sem a menor resistência, como se mergulhasse numa pasta úmida e mole. Ao retirá-lo, as lamelas voltavam ao lugar sem deixar marcas.

Uma vez, na infância, assisti à exumação e ao sepultamento de um cadáver.

Era o de uma menina que morrera jovem e fora enterrada com vestido de noiva.

O espartilho de seda se desfizera em faixas compridas e sujas e, em alguns pontos, restos de bordado se misturavam à terra. O rosto, porém, parecia intacto, tendo mantido quase todos os traços. Sua cor era roxa, ao passo que a cabeça parecia ter sido modelada em papel machê.

Quando o caixão foi retirado da cova, alguém passou a mão pelo rosto da morta. Naquele momento, todos nós ali presentes tivemos uma surpresa macabra: aquilo que acreditávamos fosse o rosto bem preservado não passava de uma camada de mofo com dois dedos de espessura. O mofo substituíra a pele e a carne do rosto em toda a sua profundidade, mantendo-lhe a forma intacta. Por baixo, era puro esqueleto.

Assim também era a *minha* cabeça, a única diferença é que, ao invés de mofo, ela era recoberta por lâminas de carne. Por entre elas, porém, eu era capaz de tocar o osso com o dedo.

Embora horrenda, a cabeça era um refúgio garantido contra o ar.

Por que contra o ar? No quarto, o ar estava eternamente em movimento, viscoso, pesado, escorrendo, sempre prestes a endurecer em estalactites negras e horrorosas.

Foi nesse ar que a cabeça apareceu pela primeira vez, tendo-se criado ao seu redor um vazio como uma auréola que crescia sem parar.

Fiquei tão alegre e satisfeito com o seu surgimento, que tinha vontade de dar risada. Mas como eu poderia rir na cama, no escuro da noite?

Comecei a nutrir um amor insaciável pela cabeça. Era a coisa mais preciosa e mais íntima que eu possuía. Ela vinha do mundo das trevas, de onde penetrava em mim apenas um zumbido miúdo, como uma ebulição contínua no crânio. Que outras coisas se encontravam ali? Abria bem os olhos e, em vão, perscrutava a escuridão. Além da cabeça marfínea, não havia mais nada.

Perguntei-me, com certo receio, se essa cabeça não viria a se converter no centro de todas as preocupações da minha vida, substituindo-as, uma a uma, até que, finalmente, eu ficasse no escuro a sós com ela. Naquele momento, a vida parecia imbuir-se de um sentido preciso, verdadeiro. Por enquanto, ela crescia no ar como um fruto pleno que atingira a maturidade.

A cabeça era o meu refresco e a minha felicidade pessoal. Talvez, se pertencesse ao mundo inteiro, uma terrível catástrofe teria acontecido. Um único momento de felicidade plena seria capaz de estupeficar o mundo para todo o sempre.

Contra a *cabeça* lutava incessante, cada vez mais impotente, o escorrer gorduroso do ar.

Por vezes, ao seu lado, aparecia o meu pai, vago e indistinto, como uma massa de vapores esbranquiçados. Sabia que ia colocar a mão sobre a minha testa; a mão estava fria. Tentava lhe explicar a luta entre a cabeça e o ar, enquanto sentia meu pai abrindo minha camisa e deslizando o termômetro até minha axila, como uma lagartixa delgada de vidro.

Em torno da cabeça desencadeou-se um movimento enervante, como um drapejar de bandeira.

Impossível interrompê-lo; a flâmula continuava a esvoaçar.

Lembrei-me do dia em que, durante a hora do chá, no andar de cima da casa dos Weber, Paul deixara a mão pendurada para baixo ao lado da cadeira, enquanto Edda, da cama, com a ponta do sapato, batia na palma dele de brincadeira. Com o passar do tempo, esse gesto impregnara-se de uma virulência incomum. Ao recordá-lo, o sapato começava a arranhar freneticamente a mão de Paul até produzir uma pequena ferida e, em seguida, um buraco na carne. O mecanismo enfadonho do sapato não cessava um só instante: escavava sem parar a palma esburacada, o braço inteiro, o corpo todo...

Assim se desencadeara o movimento da bandeira no quarto. Agora havia o risco de ele fazer um furo em tudo, de me devorar, talvez...

Gritei desesperado, encharcado de suor.

— Quanto? – perguntou uma voz na sombra.

— Trinta e nove – respondeu o meu pai, indo embora e deixando-me à mercê das tormentas que aumentavam.

XLI

De manhã, a convalescença se anunciou como uma extrema fragilidade da luz. No quarto em que eu dormia, ela entrava por uma janela fixada no teto. O volume do quarto perdera estranhamente a densidade. A claridade tornava os objetos mais leves e, por mais fundo que eu respirasse, permanecia no peito um vazio amplo, como se uma importante quantidade de mim houvesse mesmo desaparecido.

Em meio aos lençóis quentes, migalhas escorregavam por baixo das coxas. O pé procurava a barra de ferro da cama, e o ferro o traspassava com uma faca de frieza.

Tentei sair da cama. Tudo corria conforme minhas suspeitas: o ar, inconsistente demais, não era capaz de me sustentar. Caminhava difuso por ele, como se atravessasse um riacho morno e vaporoso.

Sentei-me numa cadeira, debaixo da janela do teto. Ao meu redor, a luz expulsava a exatidão dos objetos como se os lavasse com força até despi-los de seu brilho.

A cama, no canto, jazia mergulhada na escuridão. Como conseguira eu, durante a febre naquele escuro, distinguir nas paredes cada grão de cal?

Comecei a me vestir lentamente; as roupas também estavam mais leves do que de costume. Dependuravam-se do meu corpo como pedaços de mata-borrão, exalando o cheiro de lixívia do ferro de passar.

Flutuando por águas cada vez mais raras, saí de casa. O sol me entonteceu de imediato. Manchas imensas de brilhos amarelos e esverdeados cobriam parcialmente as casas e os transeuntes. A própria rua parecia fraca e fresca, como se também ela tivesse saído da febre de uma grave enfermidade.

Os cavalos das carruagens, cinzentos e derreados, moviam-se anormais. Ora trotavam extremamente devagar, pesados e bamboleantes — ora desembestavam, respirando com energia pelas narinas para não caírem débeis no meio do asfalto.

O longo corredor de casas balançava levemente ao vento. De longe vinha o cheiro forte do outono. "Um belo dia de outono!", disse para mim mesmo. "Um esplêndido dia de outono!"...Pus-me a passear muito lentamente ao longo das casas cobertas de poeira. Na vitrine de uma livraria, encontrei um brinquedo mecânico agitando-se.

Era um palhacinho vermelho e azul, que batia dois minúsculos pratos de latão. Estava fechadinho nesse seu quarto, na vitrine, entre livros, bolas e tinteiros, batendo os pratos alegre e indolente.

Enternecido, meus olhos encheram-se de lágrimas. Havia tanta pureza, tanto frescor e tanta beleza naquele cantinho de vitrine!

Não podia haver lugar melhor nesse mundo para bater pratos tranquilamente, envergando belas roupas coloridas.

Eis finalmente algo simples e límpido depois de tanta febre. Na vitrine, a luz do outono caía mais íntima, mais agradável. Que bom seria se eu pudesse substituir aquele palhacinho alegre! Em meio a livros e bolas, rodeado por objetos puros, dispostos com esmero em cima de uma folha de papel azul. Tim! Tim! Tim! Que gostoso, que gostoso é estar na vitrine! Tim! Tim! Tim! Vermelho, verde, azul; bolas, livros e tintas. Tim! Tim! Tim! Que belo dia de outono!...

Aos poucos, porém, despercebidamente, os movimentos do palhaço começaram a diminuir. Primeiro, os pratos não encostavam mais um no outro, e depois, de repente, o palhaço parou com os braços fixos no ar.

Dei-me conta, quase horripilado, de que o palhaço parara de se mexer. Algo dentro de mim petrificou-se dolorosamente. Um instante de alegria e beleza congelara no ar.

Abandonei rapidamente a vitrine e me dirigi a um pequeno parque público no centro da cidade.

As castanheiras livraram-se de suas folhas amareladas. O velho restaurante feito de tábuas estava fechado e, diante dele, vários bancos quebrados estavam jogados em desordem.

Não sei como, mergulhei numa profunda escuridão, de maneira que despertei quase deitado de costas, olhando para o céu. O sol enviava por entre os galhos uma luz despedaçada, cheia de cristais.

Por algum tempo permaneci assim, com olhares perdidos para o alto, enfraquecido, indescritivelmente enfraquecido.

Sentou-se de repente ao meu lado um garoto robusto, com as mangas da camisa arregaçadas, de pescoço vermelho e forte e manzorras sujas. Por alguns instantes, coçou a cabeça com todos os dez dedos e, em seguida, tirou do bolso da calça um livro que pôs-se a ler.

Segurava o livro apertado na mão para que o vento não virasse as folhas, enquanto lia murmurando alto; de vez em quando passava uma mão no cabelo como se quisesse entender melhor.

Dei uma tossida significativa e o interpelei: "O que você está lendo?", perguntei-lhe, atirado no banco, com os olhos fixos nos galhos das árvores.

O garoto pôs o livro na minha mão como se eu fosse um cego. Era uma longa história versificada sobre bandoleiros, um livro gordurento, cheio de manchas de óleo e de sujeira; via-se bem que passara por muitas mãos. Enquanto dava uma olhada, ele se levantou e ficou em pé na minha frente, forte, seguro de si, com as mangas arregaçadas e o pescoço descoberto.

Algo tão prazeroso e calmo quanto bater pratos numa vitrine.

— E...sua cabeça não dói enquanto lê?...– perguntei, devolvendo-lhe o livro.

Ele parecia não compreender.

— Por que me doeria? Não dói nada – disse ele, sentando-se de novo no banco para continuar a leitura.

Existia, assim, uma categoria de coisas no mundo de cuja participação o destino me vedava, palhaços indolentes e mecânicos, garotos robustos que nunca têm dor de cabeça. Ao meu redor, por entre as árvores, sob a luz do sol, soprava uma corrente vívida e ampla, repleta de vida e pureza. Estava fadado a permanecer eternamente à sua margem, entupido de escuridão e surtos de desmaio.

Estiquei as pernas no banco e, apoiando as costas numa árvore, encontrei uma posição bastante cômoda. Definitivamente, o que me impedia de ser eu também forte e indolente? Sentir em mim a circulação de uma seiva fresca e vigorosa, assim como circula por milhares de galhos e folhas de árvores, estar na vertical sem motivo sob a luz do sol, em pé, sóbrio, com uma vida segura e bem definida, fechada em mim como uma armadilha...

Para isso, deveria talvez, antes de tudo, tentar respirar mais fundo e mais devagar: eu não respirava certo, o meu peito estava sempre cheio ou vazio demais. Mas comecei a respirar o ar com segurança. Senti-me melhor depois de alguns minutos. Um fluido de perfeição — que, embora fraco, sentia inflar-se a cada instante — começou a correr pelas minhas veias. O barulho da rua relembrou-me a cidade ao longe, mas agora a cidade girava muito lentamente ao meu redor como um disco de gramofone. Tornara-me uma espécie de centro e eixo do mundo. O essencial era eu não perder o equilíbrio.

Uma vez, num circo, de manhã, enquanto os artistas ensaiavam, assisti a uma cena que agora voltava-me à mente...Um aficionado do circo, um simples espectador sem qualquer preparo, subiu, sem hesitar, com muita coragem, na pirâmide de cadeiras e mesas sobre a qual subira pouco antes o acróbata do circo. Admirávamos todos a precisão com que ele escalava a perigosa construção; o frenesi de conseguir ultrapassar os primeiros obstáculos embriagava o aficionado com uma espécie de ciência do equilíbrio, plena de inconsciência, que o fazia colocar a mão no lugar exato, esticar a perna com precisão e encontrar nele mesmo o peso mínimo com o qual devia abordar o nível seguinte. Aturdido e feliz com a segurança de seus próprios gestos, em poucos segundos ele alcançou o topo. Uma vez lá em cima, porém, ocorreu algo absolutamente incomum: ele de repente se dera conta da fragilidade do ponto de apoio em que se encontrava, bem como de sua extraordinária audácia. Batendo os dentes, pediu com uma voz esmaecida que lhe trouxessem uma escada, ao mesmo tempo que recomendava inúmeras vezes que a segurassem bem, sem balançá-la. O corajoso aficionado desceu infinitamente precavido, degrau por degrau, transpirando da cabeça aos pés, pasmo e irritado com a própria ideia de ter-se metido lá em cima.

A minha atual posição no jardim era a de quem está no topo da frágil pirâmide. Sentia claramente como circulava em mim uma seiva nova e forte, mas tinha de me esforçar por não cair da altura de minha admirável certeza.

Fui visitado pelo pensamento de que era assim que eu deveria ver Edda, calmo, seguro de mim, pleno de luz; faz tempo que eu não passava por lá. Queria apresentar-me diante de alguém, pelo menos uma vez, inteiro e inabalável.

Calado e imponente como uma árvore. Isso mesmo — como uma árvore. Enchi o peito de ar e, estirando-me bem de costas, dirigi uma calorosa saudação de camaradagem aos galhos acima de mim. Havia algo de rude e simples na árvore, que se aparentava maravilhosamente com minhas novas forças. Acariciava o tronco como se batesse no ombro de um amigo. "Camarada árvore!" Quanto mais contemplava com atenção a coroa infinitamente esparramada dos galhos, melhor sentia como a carne se dividia em mim, gerando ocos por onde o ar vívido de fora começava a circular. O sangue subia pelas veias majestoso e pleno de seiva, espumando com a efervescência da vida simples.

Levantei-me. Por um instante, os joelhos se dobraram inseguros como se quisessem comparar, numa única hesitação, toda a minha força e fraqueza. Com passos largos, pus-me na direção da casa de Edda.

A porta pesada de madeira que dava para o terraço estava fechada. Sua imobilidade me desconcertou um pouco. Todos os meus pensamentos se esfumaram.

Pousei a mão na maçaneta e a apertei. "Coragem", disse para mim mesmo; detive-me, porém, para retificar. "Coragem? Só os tímidos precisam de coragem; os normais, os fortes não têm coragem nem covardia, eles simplesmente abrem as portas, assim..." A escuridão fresca do primeiro aposento me abrangeu com uma atmosfera plena de calma e alegria, como se estivesse me esperando há muito tempo.

Dessa vez, a cortina de miçangas que se recompôs atrás de mim produziu um tilintar estranho, que me deu a impressão de estar sozinho, numa casa deserta, às margens do mundo. Seria essa a sensação de extremo equilíbrio no topo da pirâmide de cadeiras?

Bati com violência à porta de Edda.

Alarmada, disse-me que entrasse.

Por que meus passos eram tão silenciosos?

"Passos silenciosos?" Parecia-me, contudo, que a presença de alguém como eu, ou melhor, de uma árvore, deveria ser pressentida de longe.

No aposento, entretanto, não se produziu a mínima surpresa, tensão ou emoção.

Por alguns segundos os pensamentos me precederam de maneira ideal, com uma grande perfeição e sobriedade de gestos. Vi-me avançando com bastante segurança e, num movimento desembaraçado, pus-me aos pés de Edda, na cama onde estava deitada. Minha verdadeira pessoa, porém, fora deixada para trás por esses belos projetos, como um reboque inútil e quebrado.

Edda convidou-me a sentar, de maneira que me instalei numa cadeira a grande distância dela.

O pêndulo batia entre nós um tique-taque enervante e sonoro. Curioso: o tique-taque crescia como o fluxo e refluxo do mar, aproximando-se de Edda sob a forma de ondas até quase não ouvi-lo mais, para em seguida retornar inchado na minha direção, tão violento que estourava meus ouvidos.

— Edda – comecei a falar, interrompendo o silêncio –, permita-me lhe dizer uma coisa muito simples...

Edda não respondeu.

— Edda, você sabe o que eu sou?

— O quê?

— Uma árvore, Edda, uma árvore...

Todo esse breve diálogo ocorreu, é claro, estritamente no meu interior; nenhuma palavra foi realmente pronunciada.

Edda aninhou-se na cama, estreitando os joelhos na direção do seu corpo e cobrindo-os com o penhoar. Em seguida, pôs as mãos sob a cabeça e começou a me fitar atentamente. Daria qualquer coisa, com a maior alegria, para que ela encontrasse outro ponto no aposento para onde olhar.

Vi de repente numa prateleira um grande buquê de flores dentro de um vaso. Minha salvação. Como eu não as vira antes? Todo o tempo eu concentrara meus olhares naquele canto, desde que entrara. Para comprovar a sua aparição, olhei por um instante para outro lado e depois retornei a elas. Lá no seu lugar estavam elas, imóveis, grandes, vermelhas...Como é que eu não as observara? Comecei a duvidar da minha certeza de árvore. Eis que um objeto surgira naquele quarto, num lugar onde antes não havia nada. Será que a minha visão era sempre clara? Talvez houvessem permanecido no meu corpo vestígios de fraqueza e escuridão que ainda circulavam pela minha nova luminosidade, como nuvens num céu resplandecente, cobrindo-me a visão ao passarem pelo humor vítreo, assim como as nuvens do céu por vezes tapam subitamente o sol, mergulhando em sombras uma parte da paisagem.

— Que flores bonitas aquelas – disse a Edda.

— Que flores?

— Aquelas ali, na prateleira.
— Que flores?
— Aquelas dálias vermelhas são tão bonitas...
— Que dálias?
— Como assim...que dálias?

Ergui-me e precipitei-me na direção da prateleira. Atirada sobre um monte de livros, uma echarpe vermelha. No momento em que estiquei o braço e me convenci de que de fato se tratava de uma echarpe, algo hesitou ao longe dentro de mim, como a oscilação da coragem do equilibrista amador, no topo da pirâmide, entre acrobacia e diletantismo. Certamente eu também tinha chegado à minha altura máxima.

Agora, todo o problema se resumia a voltar e sentar-me na cadeira. E em seguida, o que deveria fazer, o que deveria dizer?

Esse problema me deixou tão aturdido por alguns instantes, que não fui capaz de executar o mínimo movimento. Como a grande velocidade das hélices de um motor que as fazem parecer imóveis, minha hesitação profundamente desesperada emprestava-me a rigidez de uma estátua. O tique-taque do pêndulo batia forte, cravando em mim pequenos pregos sonoros. A muito custo, me arranquei da imobilidade.

Edda estava na mesma posição na cama, fitando-me com a mesma calma estranheza; poder-se-ia dizer que uma força maligna, pérfida ao extremo, conferia aos objetos o seu mais comum aspecto a fim de me meter na maior confusão. Eis o que lutava contra mim, eis o que era implacável: o aspecto comum dos objetos.

Num mundo tão exato, qualquer iniciativa era supérflua, se não impossível. O que me tirava do sério era o fato de Edda não poder ser diferente, o fato de ela não passar de uma mulher de cabelo bem penteado, de olhos de um azul violeta, com um sorriso no canto dos lábios. O que é que eu poderia fazer contra uma exatidão tão áspera? Como poderia fazer com que ela entendesse, por exemplo, que eu era uma árvore? Eu tinha de transmitir com palavras imateriais e informes, por meio do ar, uma coroa de galhos e folhas, enorme e imponente, assim como eu a sentia dentro de mim. Como poderia fazê-lo?

Aproximei-me da cama e me apoiei na barra de madeira. Sobre as minhas mãos irradiou-se uma espécie de certeza, como se nelas houvesse de repente penetrado todo o núcleo do meu desassossego.

E agora, então? Entre Edda e mim impunha-se, atordoante, o mesmo ar esverdeado, impalpável e aparentemente inconsistente em que pairavam todas as minhas forças que, todavia, de nada serviam. Hesitações de dezenas de quilos, silêncios de horas inteiras, angústias e vertigens de carne e sangue, tudo isso podia fazer parte daquele espaço miserável sem que ao menos a sua aparência exibisse o colorido negro e a matéria embaciada que continha. No mundo, as distâncias não eram simplesmente aquelas que vemos com os olhos, ínfimas e permeáveis, mas outras, invisíveis, povoadas por monstros e acanhamentos, por projetos fantásticos e gestos insondáveis, que — caso se coagulassem com a matéria da qual tendiam se compor — transformariam o aspecto do mundo num cataclismo terrível, num caos extraordinário, pleno de violentas desgraças e felicidades extáticas.

Naquele momento, fitando Edda, a materialização dos meus pensamentos talvez pudesse realmente ter tido como resultado aquele gesto simples que assombrava a minha mente: erguer o peso para papel da escrivaninha (com o rabo do olho eu o observava, pressionando um maço de folhas como um nobre capacete medieval) e atirá-lo sobre Edda; como consequência imediata, um formidável jorro de sangue do seu peito, vigoroso como a torrente de uma torneira, inundaria pouco a pouco o quarto, até eu sentir, primeiro, como os meus pés, e logo também meus joelhos, chapinham no líquido morno e pegajoso e, depois — como nos filmes americanos que causam sensação com um personagem condenado a ficar dentro de um espaço hermeticamente fechado, onde o nível da água sobe sem parar — como de repente sinto o sangue já na altura da minha boca, afogando-me no seu gosto prazeroso e salgado...

Comecei a mover os lábios involuntariamente e a engolir em seco.

– Está com fome? — perguntou Edda.

— Ah, não, não...não estou com fome, só estava pensando numa coisa...absurda...totalmente absurda.

— Por favor me conte. Desde que chegou, você não disse uma palavra, nem eu lhe perguntei nada...agora eu estou esperando, veja lá.

— Olhe, Edda – comecei a dizer –, trata-se de algo que, no fundo, é muito simples...demasiado simples até...me perdoe por lhe dizer isso, mas eu...

Quis continuar dizendo "eu sou uma árvore", mas a frase agora não tinha mais valor algum desde que fora invadido pela vontade de beber sangue. Ficou no fundo da minha alma, desbotada e murcha, e até me surpreendi com o fato de ela ter tido certa importância no passado. Comecei de novo.

— Veja só, Edda, do que se trata, eu não estava passando bem, me sentia fraco e combalido. A sua presença sempre me faz bem, basta vê-la...você se aborrece por causa disso?

— De jeito algum...– respondeu-me ela, pondo-se a rir. Agora sim é que eu tinha ganas mesmo de cometer algo absurdo, sanguinário, violento. Recuperei com um gesto rápido meu chapéu. "Agora eu vou embora." Num instante, eu já estava nos últimos degraus da escada.

Uma coisa agora era certa: o mundo tinha um aspecto comum próprio, no meio do qual eu despencara por equívoco; jamais poderei me transformar em árvore, jamais poderei matar alguém, jamais o sangue jorrará em ondas. Todas as coisas, todas as pessoas encontravam-se presas em sua triste e pequena obrigação de serem exatas e nada mais que exatas. Era inútil acreditar que havia dálias dentro de um vaso, quando o que havia era uma echarpe. O mundo não tinha força de mudar o mínimo que fosse, encontrava-se tão mesquinhamente preso em sua exatidão que era incapaz de se permitir tomar uma echarpe por flores...

Pela primeira vez, senti a mente apertada forte dentro do crânio. Terrível e doloroso cativeiro...

XLII

Naquele outono, Edda adoeceu e morreu. Todos os dias anteriores, todos os meus passeios inúteis, todas as minhas fadigas e perguntas torturantes concentraram-se na dor e na angústia de uma única semana, como em certos líquidos em que a mistura de variadas substâncias condensa, de repente, a violência de um poderoso veneno.

No andar de cima, o silêncio desceu uma oitava. Paul lograra encontrar, não sei em que armário, um sobretudo velho e uma gravata tão puída que o nó ao redor do pescoço parecia feito de barbante. Tinha uma cor violeta, como o véu fino que as noites mal-dormidas deixam sobre o rosto.

— Sofreu a noite toda – disse-me ele. – Ontem eu perguntei de novo ao médico o que ele acha, e ele me disse tudo, toda a verdade. É como se uma explosão houvesse se produzido nos rins, confessou-me o médico. É extremamente raro que tal doença surja tão brusca e virulenta. Em geral ela se insinua devagar, revelando sintomas que a anunciam muito antes de se tornar grave. Trata-se de uma verdadeira explosão nos rins; uma verdadeira explosão.

Paul falava rápido porém com longas pausas, como se desse tempo, entre uma e outra palavra, para que a dor aguda dentro de si fervilhasse e se consumisse.

O escritório do térreo estava escuro como uma caverna; o velho Weber, com a cabeça enfiada num livro de registros, dava a ilusão de estar ocupado...

Cada manhã, o médico vinha com seu andar silencioso e, passando pelos quartos, conduzia os três Weber até o quarto de Edda.

Eu os acompanhava, conversando com Ozy. Faz tempo que não brincávamos do nosso jogo imaginário, de maneira que agora seria uma ocasião maravilhosa.

Que bom seria falarmos da doença de Edda como se nada daquilo fosse verdade!

Ao subir as escadas, pensava na possibilidade extraordinária de que tudo não passasse de uma brincadeira dirigida por Ozy, da qual participassem também o médico, Paul Weber e o velho. Pela primeira vez o corcunda dirigiria, de verdade, uma cena imaginária e inexistente. Ao chegarmos lá em cima, tinha vontade de gritar: "Já basta, chega, muito boa interpretação, Paul manteve uma máscara realmente impressionante, vimos que o velho Weber de fato sofreu, mas agora é o suficiente, já acabou, por favor, Ozy, diga-lhes que você desistiu de continuar...".

Tudo, porém, estava muito bem montado para desistirem no alto da escada...

Enquanto o médico entrava no quarto de Edda, ficávamos no aposento contíguo o velho Weber, Ozy e eu. Devia ser a primeira vez na vida que o velho Weber tentava conter uma grande emoção. Com a cabeça apoiada na poltrona, ele olhava de maneira impessoal e vaga para a rua, como se nada soubesse ou nada esperasse. Num determinado momento, como grandes atores que tendem a rematar seu papel por meio de um detalhe inédito, ele se ergueu da poltrona e foi observar mais de perto um quadro pendurado na parede. Porém, como o grande ator que, engrossando demais a voz para uma tirada trágica acaba por transformá-la numa fala ridícula, digna dos risos da galeria, o velho Weber quis desempenhar seu papel com muita calma mas errou o efeito: enquanto estava de pé admirando o quadro, tamborilava nervoso os dedos no espaldar de uma cadeira atrás de si...

Paul pegou-me pela mão:

— Edda quer vê-lo, venha comigo sem fazer barulho.

Edda estava deitada na cama com lençóis brancos, a cabeça virada para a janela. Seu cabelo estava estendido nos travesseiros, mais loiro e mais fino do que nunca; as doenças têm tais sutilezas. Pairava no quarto uma espécie de decomposição branca dos objetos pela superabundância de luz em que o rosto de Edda desaparecia, inconsistente.

De súbito, ela virou a cabeça.

Então era verdade...Ou seja, naquele momento ocorreu-me algo tão inexplicável, tão claro e tão surpreendente, que poderia ter constituído uma verdade vinda do exterior...A cabeça de Edda assemelhava-se perfeitamente à cabeça marfínea das minhas noites de febre. A evidência era tão atordoante que quase acreditei que eu mesmo inventara naquele momento a forma exata da velha cabeça de faiança, com a mesma velocidade com que construímos, nos sonhos, todo um episódio ao ouvirmos o som de um disparo.

Agora eu tinha certeza de que algo ruim e violento haveria de acometer Edda em breve. Talvez eu tenha até imaginado isso mais tarde; em tudo o que diz respeito a Edda, não consigo distinguir nada do que na verdade era parte de mim ou parte dela.

Ela tentou olhar-me nos olhos, mas acabou fechando as pálpebras, cansada. O cabelo de lado revelava a testa amarela como um bloco de cera. Eu de novo me fechava hermeticamente na presença de Edda, naquilo que ela representava agora, como nas minhas noites de delírio. Em nenhum dos meus passeios, em nenhum dos meus encontros eu pensava verdadeiramente em alguém além de mim mesmo. Era-me impossível conceber uma outra dor interior, ou simplesmente uma existência alheia. As pessoas que eu via ao meu redor eram tão decorativas, tão efêmeras e materiais como qualquer outro objeto, como casas ou árvores. Só diante de Edda, pela primeira vez, senti que minhas interrogações podiam escapar e, após ressoar em outras profundidades e no interior de uma outra existência, retornar sob a forma de ecos enigmáticos e angustiantes.

Quem era Edda? O que era Edda? Pela primeira vez via-me do lado de fora, pois na presença de Edda encontrava-se a interrogação do sentido da minha vida. Foi no momento da sua morte que ela me abalou mais profunda e autenticamente; a sua morte era a minha morte e, desde então, em tudo o que faço e em tudo o que vivencio, a imobilidade da minha morte vindoura projeta-se fria e obscura, assim como a vi no quarto de Edda.

XLIII

Na aurora daquele dia levantei-me pesado e empedernido, incomodado com a presença de alguém ao lado da minha cama.

Era o meu pai, que esperava em silêncio que eu acordasse. Quando abri os olhos, ele deu alguns passos no quarto, trouxe-me uma bacia branca e uma caneca de água para eu lavar as mãos.

Com uma convulsão dolorosa que apertou meu coração, entendi o que isso queria dizer.

— Lave as mãos – disse meu pai. – Edda morreu.

Lá fora garoava, e por três dias continuou chovendo.

No dia do enterro, o barro foi mais agressivo e sujo do que nunca. Rajadas de vento atiravam a água sobre os telhados e os vidros das janelas. Toda a noite uma janela permaneceu iluminada no andar de cima da casa dos Weber, no quarto onde as velas estavam acesas.

O escritório do velho Weber foi todo revolvido para abrir espaço ao caixão que tinha de passar; a lama entrou nos aposentos de maneira triunfal e insinuante, como uma hidra de inúmeros prolongamentos protoplasmáticos — eu via muito bem como eles se estendiam pelas paredes, subindo pelas pessoas, galgando os degraus e tentando escalar o caixão.

O assoalho de madeira ressurgiu, no escritório, por debaixo do linóleo que o cobria e que foi retirado, revelando longas marcas de sujeira, assim como as rugas negras que se aprofundaram no rosto de Samuel Weber.

Em torno de suas botas de borracha a lama subia lenta mas tenaz, certamente penetrando pela pele até o coração — suja, pesada, pegajosa. Era lama e nada mais, era assoalho e nada mais, eram velas e nada mais. "Meu enterro será uma sucessão de objetos", disse-me Edda certa vez.

Algo se debatia dentro de mim, ao longe, como se quisesse provar a existência de uma verdade superior ao barro, algo que fosse algo diferente dele. Em vão...Minha identidade tornara-se há muito verossímil e, agora, de uma maneira muito simples, apenas confirmava que no mundo não havia nada salvo o barro. Aquilo que eu interpretava como dor dentro de mim não passava de um leve fervilhar do barro, um prolongamento protoplasmático modelado em palavras e raciocínios.

As gotas caíam sobre Paul como num recipiente sem fundo; corriam-lhe sobre a roupa, sobre as mãos que se dependuravam pesadas, fazendo com que curvasse as costas. As lágrimas escorriam sujas por sua face em longos fios, como água pelas vidraças.

Devagar, balançando-se sobre os ombros das pessoas, o caixão passou do lado do navio de Samuel Weber, do lado dos velhos livros de registro e de dezenas de frascos de tinta e medicamentos descobertos por ocasião da bagunça produzida no escritório. O enterro era uma simples sucessão de objetos...

Ocorreram ainda outros episódios, do lado de cá da vida: no cemitério, quando retiraram do esquife o cadáver enrolado em panos brancos, estes tinham a marca de uma grande mancha de sangue.

Esse foi o último e mais insignificante episódio anterior ao subsolo do cemitério quente, embolorado e repleto de corpos moles como gelatina, amarelos...purulentos...

XLIV

Quando vez ou outra ponho-me a pensar nessas coisas, tentando inutilmente cristalizá-las em algo que poderia chamar de minha própria pessoa; quando as rememoro, o escritório do velho Weber logo se transforma no cômodo em que respiro bolor e sinto o cheiro de antigos livros de registro — bem naquele momento —, para imediatamente desaparecer e se converter no aposento que agora me apresenta o mesmo problema doloroso, o do modo como as pessoas passam a sua vida, utilizando-se, por exemplo, de quartos, ou sentindo-se como um corpo estranho, ramificado como uma samambaia e inconsistente como uma fumaça dentro de si, um aroma especial, como o aroma profundamente enigmático do bolor; quando acontecimentos e pessoas abrem-se e fecham-se dentro de mim como leques; quando minha mão tenta escrever esta estranha e incompreensível simplicidade, tenho então a impressão, por um instante, como um condenado que num segundo se dá conta, de maneira diferente de todas as outras pessoas ao seu redor, da morte que o espera (e ele gostaria de se debater de forma distinta como se debatem os demais, conseguindo salvar-se), tenho a impressão de que a partir de tudo isso surgirá, um fato novo e autêntico, ao mesmo tempo quente e íntimo, que me resuma tão claramente como um nome e que ressoe no meu interior com uma tonalidade única, jamais ouvida, mas que seja a do sentido da minha vida...

Por que, se não por isso, persistirá em mim aquele fluido tão íntimo porém tão hostil, tão próximo porém tão rebelde na hora de o capturar, que se metamorfoseia sozinho, ora na imagem de Edda, ora nos ombros curvados de Paul Weber, ora no detalhe excessivamente preciso da torneira de água no corredor de um hotel?

Por que agora me retorna, nítida, a lembrança dos últimos dias de Edda? Por que, num outro sentido (e as perguntas podem crescer caoticamente em milhares e milhares de sentidos diferentes, como naquela brincadeira de criança de dobrar um papel manchado de tinta, apertá-lo com força para que a tinta se espalhe o máximo possível e nele ver reveladas, ao abri-lo, as mais fantásticas e insondáveis contorções de um desenho bizarro), por que, num outro sentido, me retorna essa lembrança e não outra?

Ademais, com cada lembrança incompreensível e exata, tenho de me dar conta de que, como a dor violenta de um doente que relega a um segundo plano pequenas moléstias momentâneas de desconforto, como uma posição errada das almofadas ou o gosto ruim de um remédio, como uma dor que envolve e abarca todas as minhas outras incompreensões e angústias, tenho de me dar conta de que, por mais ininteligível e mesquinha que seja, cada lembrança é, apesar de tudo, única, no sentido mais pobre do termo, tendo desempenhado um papel na minha vida linear de uma só maneira, numa só exatidão, sem poder ser modificada e sem o menor desvio de sua própria precisão.

"A sua vida foi assim e não de outra maneira", diz a lembrança, e essa frase engloba a imensa nostalgia desse mundo fechado em suas próprias luzes e cores herméticas, das quais nem mesmo uma vida tem permissão de extrair nada senão o aspecto de uma banalidade exata.

Ela engloba a melancolia de ser único e limitado, num mundo único e mesquinhamente árido.

Por vezes, à noite, desperto de um pesadelo terrível; é o meu sonho mais simples e mais aterrador.

Sonho que estou dormindo profundamente na mesma cama em que me deitei ao anoitecer. Desenrola-se no mesmo cenário e aproximadamente na mesma hora da noite; se, por exemplo, o pesadelo começa no meio da noite, ele me situa com exatidão naquele tipo de escuridão e de silêncio que reinam naquela hora. Vejo e sinto, no sonho, a posição em que me encontro, sei em que cama e em que quarto estou dormindo, meu sonho se molda como uma pele fina e delicada à minha verdadeira posição e ao meu sono daquele momento. Desse ponto de vista, poder-se-ia dizer que estou acordado: estou acordado, embora durma e sonhe com minha vigília. Sonho que estou dormindo naquele momento.

E eis que de repente sinto como o sono se torna mais profundo, mais pesado e como tenta, assim, me arrastar consigo.

Quero acordar, mas o sono escorre pesado das minhas pálpebras e dos meus braços. Sonho que me agito, que golpeio com as mãos, mas o sono é mais forte do que eu e, depois de me debater um pouco, ele me prende com mais força e mais tenacidade. Então começo a gritar, quero resistir ao sono, quero que alguém me acorde, desfiro violentas bofetadas contra mim mesmo para despertar, fico com medo de o sono me mergulhar em tamanhas profundezas que não poderei nunca mais retornar, imploro aos berros que alguém me ajude, me sacuda...

Por fim, meu último grito, o mais forte, me desperta. Vejo-me logo no meu verdadeiro quarto, que é idêntico ao quarto do meu sonho, na mesma posição em que eu sonhava, na mesma hora em que eu sabia que me debatia no pesadelo.

O que eu vejo agora ao meu redor difere muito pouco do que eu estava vendo um segundo atrás, mas tem não sei que ar de autenticidade que paira sobre os objetos, sobre mim, como um brusco resfriamento da atmosfera no inverno, que amplifica de repente todas as sonoridades...

Em que consta o sentido da minha realidade?

Rodeia-me de novo a vida que vou viver até o próximo sonho. Lembranças e dores presentes aferram-se fortemente a mim e eu quero resistir a elas, não quero cair no seu sono, de onde talvez não venha a retornar nunca mais...Debato-me agora na realidade, grito, imploro para que me acordem, para que me acordem numa outra vida, na minha vida verdadeira. Com certeza estou em pleno dia, sei onde me encontro e que estou vivo, mas algo falta nisso tudo, assim como no meu espantoso pesadelo.

XLV

Debato-me, grito, atormento-me. Quem me despertará?
 Ao meu redor, a realidade exata me arrasta cada vez mais para baixo, tentando me puxar para o fundo.
 Quem me despertará?
 Sempre foi assim, sempre, sempre.

Posfácio
O instável mundo de Max Blecher

FÁBIO ZUKER

Quem nunca foi tomado por esse sentimento está condenado a jamais sentir a verdadeira amplitude do mundo, diz o narrador desta história. Um mundo denso, cujos detalhes são capazes de perturbar sua ordem usual — mas suficientemente voláteis para atravessar o corpo daquele que narra. Como se o contorno que separa os objetos dos seres fosse suspendido ao abrir espaço para um outro tipo de discurso: mais próximo à *loucura*, de um estado de espírito diferente do roteiro pré-estabelecido, através do qual são oferecidas inquietações capazes de alterar a própria rota.

Publicado em 1936, *Acontecimentos na irrealidade imediata* é de difícil classificação. O livro reúne experiências desconcertantes, cheias ao mesmo tempo de energia e de melancolia. Em Blecher, a busca é pela escrita de um *corpo permeável*, na qual a percepção da realidade, do tempo e do espaço se confundem.

A escrita fragmentada emula os mecanismos desconexos da memória, no qual excertos narrativos podem tanto se concatenar entre si quanto levar a outros tantos — cenários por vezes interrompidos, quem sabe até fantasiosos, sem um fio condutor racional. Uma sucessão de cenas que cabe como estratégia fantástica à descrição dos fluidos *acontecimentos*, nas antípodas de uma narrativa grandiloquente que anseie por uma perspectiva totalizante.

Composto por um amálgama caleidoscópico de fragmentos da infância e juventude do narrador, a história transcorre em sua maior parte ao longo de um verão. O relato é construído através de distensões temporais, deambulações pelas ruas, encontros eróticos e sexuais, irrupção de desejos impossíveis de serem contidos, crises de saúde que não raro se convertem em desmaios, além de objetos que se imiscuem no próprio corpo e tornam-no alheio a si mesmo. Uma experiência de assombro constante, particularmente presente ao se deparar com fotografias — inclusive com a sua própria —, imagens, encenações ou outras formas de representação do mundo.

QUE SUBLIME É SER LOUCO

Que esplêndido, que sublime é ser louco!, diz o narrador a si mesmo, em um fluxo de pensamentos que o acompanha ao sair de uma sessão vespertina de cinema. Ele estranha o mundo fora das telas. O anoitecer, que acontecera enquanto estava absorto na escuridão do filme, lhe causa melancolia. Parece-lhe difícil que a abrupta transição do dia que se fez noite enquanto estava no cinema em nada afetou a continuidade da vida, que prossegue em seu desenrolar usual.

Não há uma palavra sobre o filme que acabara de assistir, mas uma divagação acerca do automatismo do mundo e das pessoas. Tal qual a noite que invariavelmente chega a uma determinada hora para encerrar o dia, os elementos performam mecanicamente *uma espécie de triste obrigação de sempre continuar*.

E é caminhando pelas ruas que se depara com aquela que denomina a *louca da cidade*. Suja, cabelos desgrenhados, sem dentes, carregando troços que lhe haviam sido doados, sua figura contrasta com a racionalização irrefletida da repetição de quem, ao seu redor, segue desempenhando o próprio papel, tal como previsto — ou exigido — pelos ditames sociais. O narrador, que parece ser um alter-ego do próprio Max Blecher, inveja a presença da *louca*, que exibe seu sexo sem pudor àqueles que passavam pela rua.

Mas há uma inversão: não é a *louca* que performa uma cena, pois goza da liberdade de não seguir um roteiro pré-determinado. São os demais transeuntes que a observam, e permanecem presos aos seus papéis. O narrador estabelece com ela, que sequer o percebeu, uma profunda identificação. Sua loucura possui uma verdade que os outros são incapazes de acessar: *as pessoas ao meu redor pareciam pobres criaturas dignas de pena pela seriedade com que continuamente se ocupavam, acreditando, ingênuas, naquilo que faziam e sentiam*. Mas não o narrador. Este *outro eu* do jovem Blecher se afasta desta existência simulada, triste, deixando-se levar pelas mais variadas situações inauditas, excitantes e angustiantes que as ruas de uma cidade lhe oferecem.

O SURREALISMO E A CIDADE

Existe um elemento que subverte os traços de autoficção ou relato memorialista e torna esta obra singular: um refinado experimento literário surrealista. Relativamente próximo ao movimento de André Breton, com quem inclusive trocou cartas, Blecher chegou a publicar textos na revista *O surrealismo a serviço da revolução*.[2] Ecoam em *Acontecimentos na irrealidade imediata* formas surrealistas, como a dos romances *O camponês de Paris*, escrito em 1926 por Louis Aragon, ou *Nadja*, do próprio Breton, escrito em 1928 — cujas narrativas se constroem no ato da caminhada pela cidade e de seus elementos imponderáveis.

Cabe aqui evitar qualquer tipo de anacronismo em relação ao que consideramos hoje uma caminhada pela cidade. A intensidade da experiência urbana era algo novo, e objeto de reflexão intelectual. Georg Simmel identifica no surgimento do *blasé* uma forma de autoproteção aos estímulos incessantes da metrópole; Walter Benjamin, em seu fascinante e multifacetado *Passagens*,

---

2. Em francês, *Le surréalisme au Service de la révolution*.

convida o leitor a flanar pela Paris moderna, seus *boulevards*, galerias, moda, iluminação e demais formas culturais que ali emergiram, como radicalmente distintas de tudo o que até então caracterizaria a vida.

Andar pela cidade, perder-se na paisagem urbana: uma experiência vertiginosa e moderna. É exigido preparo, sob o risco de defrontar-se com caminhos ainda desconhecidos. Entre a carnificina da Primeira Guerra Mundial e a iminente degeneração nazifascista, os surrealistas interpelavam a modernidade a partir da busca por outras categorias de pensamento e formas de experimentação avessas a um real demasiado fixo. Não havia cenário melhor do que a cidade para buscar outras formas de expressão, ávidas por enterrar no passado formas artísticas devotadas a reis poderosos, religiosos influentes ou burgueses endinheirados.

UM CORPO POROSO

É folheando um livro de anatomia que o narrador encontra a fotografia de um modelo de cera, que reproduz o interior de uma orelha. *Todos os canais, seios e buracos eram de matéria plena, formando sua imagem positiva* — sua impressão diante da fotografia é tão desmedida, que ele quase desmaia. É a partir da imagem do modelo de cera da orelha que o narrador percebe o potencial de existência de uma outra realidade, ao avesso. *Tudo o que é furado se tornasse cheio, e os relevos atuais se transformassem em vácuos de forma idêntica, sem qualquer conteúdo.* Uma realidade que tivesse como modelo os fósseis, cujos contornos apenas existem na medida em que deixaram marcas esculpidas em pedras.

Num mundo como esse, as pessoas cessariam de ser excrescências multicoloridas e carnosas, cheias de órgãos complexos e putrescíveis, tornando-se vácuos puros, flutuantes como bolhas de ar dentro d'água, atravessando a matéria quente e mole do universo pleno.

A sensação de ser vazio, sem órgãos, como invólucros transparentes, lhe traz um *insight* — como quando após refletir sobre um problema que há muito nos angustia, conseguimos finalmente observá-lo através de outro ângulo. Aquele mínimo afastamento de uma neurose que nos absorvia, dificilmente compartilhada com alguém que não nós mesmos.

Seu fascínio com a fotografia do modelo de cera lhe permite compreender as aflições e anseios de sua adolescência, quando o sobrepeso do mundo tornava a própria estabilidade opressora, *como se as pessoas e as casas em derredor de repente houvessem se amalgamado numa massa compacta e uniforme de uma única matéria, na qual eu existia como um simples vácuo sem finalidade, locomovendo-me para lá e para cá.*

Blecher narra a experiência de um *corpo poroso*, atravessado por elementos, sensações, objetos e desejos, como que dotados de vida própria. Incontroláveis, excedem à própria razão do narrador que parece em vão tentar organizá-los: mas a eles cede, com prazer e angústia, deixando de ser um dos transeuntes que caminhavam na rua ao redor da *louca* para aproximar-se dela.

A POLÍTICA DA EXCLUSÃO

O tema da exclusão e de um certo afastamento da realidade — uma estranheza, ou melhor, mal-estar no mundo — perpassa o livro. É um tópico comum na obra de outros escritores judeus que viveram na Europa na mesma época de Blecher, como Franz Kafka ou Bruno Schulz, dos quais o autor frequentemente é aproximado.

No livro *Léxico familiar* de Natalia Ginzburg, publicado em 1963 — uma geração mais nova do que a de Blecher —, o pertencimento de uma família judia assimilada à sociedade italiana também implica, simultaneamente, na distância de não pertencer. Já na obra de Marcel Proust — também de origem judaica —, com quem Blecher é frequentemente comparado, o afastamento ocorre no plano das memórias que irrompem, o que torna o presente algo que escapa entre os dedos.

Mas em Blecher o *afastamento da realidade* não parece ser da ordem do comedimento ou clausura, como em Kafka e Schulz, nem das tensões políticas e antissemitismo que se acirra com as leis raciais de 1938 na Itália fascista de Ginzburg. A experiência do escritor romeno de estar no mundo com um corpo doente é *sui generis*, e implica momentos de crise que o obrigam a deitar-se, a ponto de desmaiar, e o levam a ações transgressoras, como chafurdar-se em um lamaçal, e nele adormecer até o anoitecer.

Há algo do Antonin Artaud que escreveu *Para dar um fim no juízo de Deus*, publicado em 1947. Em sua peça-transmissão radiofônica, Artaud coloca em xeque a pretensão e superioridade de julgamento das clínicas manicomiais pelas quais passou durante anos. Para questioná-las, faz uma crítica da própria capacidade divina de julgar, e reivindica para si um *corpo sem órgãos*, expressão posteriormente consagrada como conceito teórico por Gilles Deleuze e Félix Guattari. Um corpo que, livre da composição de seus órgãos, abre-se para um experimento de si. *Se quiserem, podem meter-me numa camisa de força, mas não existe coisa mais inútil que um órgão. Quando tiverem conseguido um corpo sem órgãos, então o terão liberado dos seus automatismos e devolvido sua verdadeira liberdade*, escreve Artaud.

A aproximação do corpo vazado por Blecher e Artaud, cujas margens em relação ao mundo são borradas, salienta o aspecto fundamental da obra do escritor romeno: a escrita emerge de experimentar a doença e de sucessivas internações para tratá-la. No caso de Blecher, diferente de Artaud, não são tratamentos manicomiais, mas de uma tuberculose óssea chamada *Mal de Pott*, para a qual não havia cura na época.

O JOVEM BLECHER

Blecher nasceu em 1909 em Botoşani, na Romênia, filho de bem-sucedidos comerciantes judeus do ramo da porcelana. Fez seus estudos em Roman, na Moldávia romena, onde provavelmente é narrado *Acontecimentos na irrealidade imediata*. É a mesma cidade onde faleceria em 1938, aos 28 anos de idade, após cerca de dez anos doente perambulando entre hospitais europeus — e 12 anos após a apresentação dos primeiros sinais de sua enfermidade. A Roman de sua infância e adolescência está separada da Roman de sua morte por um período de intensa atividade artística e viagens.

Durante o liceu, toma contato com a literatura francesa. E ao terminar os estudos em 1928, frente ao crescente antissemitismo na Romênia, Blecher se une a uma legião mundial de jovens seduzidos pelo ambiente cultural moderno da França, e matricula-se no curso de medicina da Universidade de Rouen.[3] É entretanto obrigado a abandoná-lo pouco tempo depois, quando é diagnosticado com tuberculose óssea. A partir de então, sua vida se torna uma sequência de internações em sanatórios da França, da Suíça e de sua Romênia natal.

A década de doença e internações é também a mais rica entre escritos e correspondências, em especial as frequentes cartas trocadas com André Breton, o líder do movimento surrealista francês. Foi também um momento de ainda maior recrudescimento do antissemitismo romeno, por conta do movimento nacionalista e fascista da Guarda de Ferro. É neste ambiente político instável e com o avançar das dores causadas pela doença que Blecher escreve, entre 1934 e 1938, a parte mais significativa de sua obra: *Corpo transparente*, um livro de poemas, *Corações cicatrizados*, um romance,[4] e *A toca iluminada*, uma publicação póstuma — além de, evidentemente, *Acontecimentos na irrealidade imediata*.

Atravessado por forças contrapostas, como melancolia, desespero, desmaios, perda de consciência, descobertas sexuais e impulsos violentos que acabam por nunca se concretizar, *Acontecimentos na irrealidade imediata* é uma obra sem meias palavras.

---

3. A cidade de Rouen é localizada na região histórica da Normandia, noroeste da França.
4. Ambos os livros são traduzidos para o português por Fernando Klabin, que assina também a presente tradução.

O que faz de sua escrita tão potente é o modo como se combinam o detalhamento e expressão de um fluxo de pensamentos profundos acerca de um constante mal-estar no mundo, unido à crueza dos *acontecimentos*. Tal como o narrador, que a partir de situações que cruzam seu caminho sem pedir licença é arrastado a um turbilhão sem fim de pensamentos, é impossível não ser arrebatado pela escrita Max Blecher.

Ayllon

1. א *Vilna: cidade dos outros*
   Laimonas Briedis
2. ב *Acontecimentos na irrealidade imediata*
   Max Blecher
3. ג *Yitzhak Rabin: uma biografia*
   Itamar Rabinovich
4. ד *Israel e Palestina: um ativista em busca da paz*
   Gershon Baskin

Hors-série

1. *Cabalat shabat: poemas rituais*
   Fabiana Gampel Grinberg
2. *Fragmentos de um diário encontrado*
   Mihail Sebastian

Adverte-se aos curiosos que se imprimiu este livro na gráfica Meta
Brasil, na data de 1 de novembro de 2021, em papel pólen soft,
composto em tipologia Minion Pro, com diversos sofwares livres,
dentre eles LuaLaTeXe git.
(v. 8a346a0)